O BRILHO DO SANGUE

DITER STEIN

O BRILHO DO SANGUE

EDITORA RECORD
RIO DE JANEIRO • SÃO PAULO
2006

CIP-Brasil. Catalogação-na-fonte
Sindicato Nacional dos Editores de Livros, RJ.

S833b
    Stein, Diter
    O brilho do sangue / Diter Stein. – Rio de Janeiro: Record, 2006.

    ISBN 85-01-07557-4

    1. Romance brasileiro. I. Título.

06-3216
    CDD – 869.93
    CDU – 821.134.3(81)-3

Copyright © 2006 by Diter Stein

Capa: Diter Stein

Direitos exclusivos desta edição reservados pela
EDITORA RECORD LTDA.
Rua Argentina 171 – Rio de Janeiro, RJ – 20921-380 – Tel.: 2585-2000

Impresso no Brasil

ISBN 85-01-07557-4

PEDIDOS PELO REEMBOLSO POSTAL
Caixa Postal 23.052
Rio de Janeiro, RJ – 20922-970

EDITORA AFILIADA

Para Eliete, Mariana, Bianca, Babi e meus amigos que estão aqui
A Wilson Coutinho e a meus amigos que não estão mais aqui

Sumário

O PRÉDIO NEGRO

O Gráfico   11
A Auditoria   15
O Arabesco   31

LAMBARIS

Bem-me-quer... Mal-me-quer   39
O Método   43
O Grande Crash   49
O Brilho do Sangue   109

COXAS BRANCAS

A Jovem Reclinada   115
O Médio   121
O Domador   135

FINAL

O Prédio Negro

O Gráfico

Há muito tempo existia um prédio. Negro. Tinha os vidros negros, era todo negro e dava fundos para um morro. Morro alto de capim muito verde.

Ali morava um Homem. Ali morava uma Mulher. Ali morava uma Menina.

O Homem que ali morava não era alto nem baixo. Cabelo curto, batido. Terno cinza. Fumador de charutos e usador de óculos. Óculos de lentes grossas. Lentes grossas que o guiavam a um mundo de gráficos, cotações, tabelas e curvas. Gráficos, tabelas e curvas que eram as suas coordenadas para trafegar pelo mundo.

Era Homem de conversa difícil. Não utilizava, como é de costume, palavras ou frases para se fazer entender. Ele o fazia através de gráficos, tabelas ou uma curva qualquer que achasse adequada. Ouvi-lo e entendê-lo eram coisas para poucos.

Já a Mulher era alta e vistosa, com nádegas grandes e redondas e os peitos também. Usava decotes de maneira a mostrar que seus peitos eram realmente grandes e redondos.

Seus pensamentos, idéias e certezas eram suas nádegas e seus peitos. Gostava da Terra porque, apesar de ela ser maior que suas nádegas, era redonda também.

A Menina era alta e magra, muito alta e branca. De movimentos suaves e lentos. De olhos tristes e um sorriso permanente nos lábios.

Na sua casa o tapete era rosa e sobre ele havia um sofá que era rosa também. A cortina que fechava a janela era rosa do mesmo tom.

Suspirava muito, e sempre que falava saíam de sua boca bolhas de diversos formatos.

Um dia, dia de muito sol e céu profundamente azul, os três se encontraram em frente ao prédio. Os três olharam para cima ao mesmo tempo, e no mesmo instante ficaram emocionados com a imponência e a beleza fúnebre do prédio, que nunca ninguém tinha reparado.

Maravilhado, com a respiração cortada, o Homem exclama:

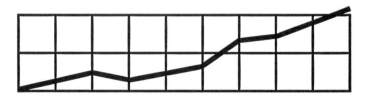

Fascinada, com os olhos em lágrimas, a Mulher responde abrindo a blusa, e com o dedo, que passara antes pela boca, circunda o bico do seu seio redondo. Que fica imediatamente duro com o contato da saliva. Olha para a Menina para saber se ela também é da mesma opinião.

Rápida, a Menina, com os olhos fixos no último andar do prédio, trêmula de emoção, comenta em resposta um profundo suspiro, do qual saem três corações que sobem céu acima ligeiros como três balões de gás.

A Mulher acompanha fascinada a subida das bolhas. O Homem, nem tanto. Preocupados com a hora, todos olham seus relógios.

Trocando passos furiosos, todos rumam em direção aos seus escritórios, carregando na retina a imagem sacra do mesmo prédio negro.

Quando chegam aos seus locais de trabalho, em diferentes pontos da cidade, cada um já em seu escritório pensa no mesmo prédio negro. De repente, uma ruga se forma na fronte dos três.

O Homem está confuso. Suas impressões não se encaixam, percebe que está com três versões do prédio e não sabe bem qual é a sua. Angustiado, percebe ainda que não consegue separá-las nem fruir a lembrança que queria.

Em outro escritório, uma Menina, rubra de vergonha, é despedida por seu patrão que a descobriu de camisa aberta com um minúsculo seio muito branco e sua aréola rosa à mostra, tentando desesperadamente contornar com o dedo úmido de saliva um gráfico sobre a mesa.

Em outro escritório, uma Mulher completamente ensangüentada é levada às pressas para um hospital, pois tentara arrancar com as próprias mãos seu coração na esperança de vê-lo subir ao céu como um balão.

Já em uma esquina, um prédio negro, perto de um morro, de capim muito verde, continua impassível, no mesmo lugar.

A Auditoria

Tudo começou com uma auditoria em uma empresa recém-falida. Uma empresa que tinha sido razoavelmente lucrativa e que prosperou bastante quando o filho mais velho do proprietário assumiu a presidência. Assumiu com um estilo de administração completamente diferente da do pai. Um estilo ousado, preciso, moderno, brilhante.

Uma de suas maiores qualidades, dentro de suas inúmeras qualidades, era não se perder em situações extremamente confusas e complexas. Ele sabia se situar e caminhar dentro do caos.

Sabia, dentro do caos, separar, analisar item por item, sem contudo perder em nenhum momento a noção de conjunto. Sabia ver a realidade e tinha uma capacidade fantástica para se perceber e se movimentar dentro dela, e ainda assim carregar junto seus sonhos e fantasias, tornando-os sempre reais com o tempo. Sabia escolher, tinha uma grande habilidade para distinguir a melhor opção entre as várias que se apresentavam. E fazia tudo isso sem demonstrar o menor esforço. A menor emoção.

Pouco tempo depois de sua posse, toda a diretoria e os postos-chave foram substituídos. E, em seguida, toda a empresa. Do diretor de Marketing ao operador de xerox. Do diretor de vendas ao pessoal da limpeza. Do diretor de Recursos Humanos aos operários.

A empresa então começou a se movimentar lentamente dentro de um novo estilo. Novas decisões, novos mercados, novas aplicações, novos produtos. Em pouco tempo a empresa parecia uma moderna e ousada locomotiva a toda a velocidade.

Os concorrentes ficaram atentos aos lucros fantásticos, às idéias geniais e ao novo posicionamento da empresa dentro do mercado. E começaram a seguir seus passos e decisões na sombra, uma estratégia pouco original, mas que sempre lhes rendia algum lucro.

As mais inesperadas e estapafúrdias decisões logo rendiam grandes somas, que a empresa imediatamente reaplicava na compra de outras, que com nova administração rendiam tanto quanto a original.

O jovem empresário ficou famoso e invejado como um dos mais brilhantes diretores de empresa do País. Espalhou seus interesses em quase todas as áreas lucrativas da economia. A empresa cresceu de tal maneira que o velho prédio ficou pequeno. E foi feita uma nova sede. Um prédio negro, perto de um morro de capim alto e muito verde.

Era difícil imaginar que uma empresa tão sólida, dirigida por um diretor tão brilhante, fosse um dia falir. Que ele se suicidasse era trágico, mas compreensível. Difícil era entender a falência. E esse seria o trabalho do escritório de auditoria contratado.

Ficou decidido que a empresa seria auditada a partir da nova administração, uma vez que a passada já havia sido cuidadosamente examinada pelo mesmo escritório e considerada extremamente correta, apesar de medíocre.

Imediatamente um exército de jovens auditores com seus assépticos ternos começou a bisbilhotar pilhas de livros, toneladas de notas, contratos e toda a papelada contábil da empresa, examinando passo a passo todos os movimentos da Supercream.

À medida que se aprofundava no trabalho, esse exército se fascinava com os lances da administração. Não havia uma só atitude desnecessária, um único centavo gasto em vão. Noite adentro, analisavam maravilhados os lances de fina inteligência do jovem empresário.

Em pouco tempo um dos auditores logo começou a se destacar dos demais. Cada vez mais familiarizado com o brilho da administração, muitas vezes já previa qual seria o próximo passo do jovem executivo. Foi quando chegou a um nó no novelo que estava desenrolando. Um lance que lhe chamou a atenção. Era como um ruído estranho dentro de toda a harmoniosa arquitetura que vinha seguindo. E, seguindo o gesto, constatou um enorme prejuízo.

Era o primeiro desde que começara a auditoria. Logo a seguir constatou uma grande soma aplicada, que pelo andar do investimento iria resultar em um lucro fantástico. Mas, assim que ultrapassou um pouco a soma investida inicialmente, a operação foi desfeita. Como um aborto de um lucro fantástico. Depois de mais alguns lances geniais, novos abortos. Como se a idéia fosse exatamente não dar lucro, ou apenas um determinado lucro.

O auditor descobriu que a partir desse ponto a empresa havia perdido a constância.

O que intrigava o auditor eram as movimentações abortadas. E mais intrigado ficou quando concluiu que pelas movimentações da empresa não era intenção levá-la à falência. O auditor estava agora obcecado pelo jovem empresário. Como já se sentia íntimo de seu estilo de administrar, não queria mais entender a administração, mas o homem.

Procurou pastas, fundos de gavetas, querendo sempre pesquisar mais a fundo. E, por mais que vasculhasse, nada achava além de epilépticas atitudes entrecortadas por momentos de grande brilho e momentos de óbvia loucura. E, por fim, a falência.

Uma coisa, porém, chamava-lhe a atenção todo dia, desde o primeiro dia. E de todos que entravam no belo prédio negro. Eram as salas e os corredores construídos claramente com a intenção de servir de suporte para os imensos quadros que havia nas paredes.

Chamava a atenção o trabalho do arquiteto. Ele havia conseguido um resultado diferente. Quem entrasse no prédio tinha imediatamente seu estado emocional modificado. E, sem saber por quê, abria seus olhos de uma maneira diferente para as obras de arte que estavam em toda parte. Ao se entrar no prédio, entrava-se também em um estado próximo ao *satori* do zen. O que era ótimo para observar os quadros que ali estavam.

Eram todos enormes. Todos dentro de uma mesma estética, que se refletia em todo o mobiliário e na decoração da empresa.

Um dia nosso auditor ficou até mais tarde no prédio. Sentado à mesa do jovem empresário, examinando documentos, sentiu cansaço. Para descansar, afundou na cadeira, recostou a cabeça em seu alto espaldar, fechou os olhos e imaginou como deveria ser o diretor de uma empresa tão rica e poderosa. Sentia-se também poderoso e iluminado, quando esbarrou em um estranho controle de luz sobre a mesa.

Imediatamente toda a luz do prédio se apagou, ficando acesos somente os *spots* sobre alguns quadros. Criou-se uma atmosfera densa dentro do prédio. A luz que brilhava sobre determinados quadros criava uma sensação mágica. Como se apenas eles existissem. Como se apenas eles existissem dentro do nada, como se apenas a eles Deus houvesse concedido a permissão de existir no mundo.

Ao tentar acender a luz de novo, ela se apagou totalmente, para em seguida iluminar um outro conjunto de quadros. De novo a sensação de que Deus havia concedido apenas aos quadros iluminados a permissão de existir. O auditor percebeu que através do controle os quadros eram sempre iluminados em conjunto. E assim o era porque eles tinham alguma unidade, pensou o auditor, às vezes pelos tons de cinza, dos tons pretos que contivessem, às vezes pela semelhança na composição, e às vezes não podia explicar por quê, mas sentia que eles tinham alguma unidade.

O auditor mergulhou na escuridão do prédio negro, agora ainda mais negro. Com os olhos ora se dirigindo para um quadro, ora para outro, entendeu por que as pessoas iam a museus e galerias de arte. Nosso auditor começou a ficar cada vez mais curioso, queria cada vez mais saber da vida do jovem empresário. Se havia mulheres, suas preferências sexuais, amores proibidos, escândalos. Mas não descobriu nada, nada de mulheres, nada de drogas, nada de grandes paixões. Era como investigar a vida de um casto padre.

Um dia ouviu uma entusiasmada discussão. No corredor, alguns faxineiros discutiam. O auditor aguçou os ouvidos. A conversa era sobre arte, discutiam a qualidade em pintura. Um deles, que estava sendo ridicularizado, defendia a tese de que a qualidade era uma coisa pura e absoluta, cuja existência ou ausência dava à obra seu caráter. Como se fosse a alma do trabalho. Independentemente de escola ou estilo. Comparava qualidade ao carisma que determinadas pessoas têm ou não. E cujo poder dá a quem as ouve a impressão de ser verdadeiro o que elas estão dizendo, mesmo que não o seja, sem se saber direito o porquê.

Uma conversa muito esquisita. Mais esquisita ainda por estar sendo conduzida por serventes.

O auditor resolveu procurar as fichas dos funcionários. Mexeu e remexeu o arquivo com as pastas dos funcionários. Analisando uma a uma, descobriu que a maioria deles era artista plástico ou tinha passado por cursos de filosofia. "Ter contato com arte parece ser um quesito importante na contratação de um novo funcionário", pensou o auditor.

Enquanto mexia nas fichas, uma chamou-lhe a atenção, a do motorista do jovem empresário. Anotou o endereço e resolveu procurá-lo, por achar que, pelo maior contato com o jovem empresário, ele talvez soubesse de alguma coisa. Ficava em Nova Iguaçu. Domingo iria lá.

No domingo pegou seu carro e seguiu a direção a ser seguida. Depois da avenida Brasil e da Via Dutra, chegou a Nova Iguaçu. Percorreu a cidade tenso com a pobreza e a agressividade visual de suas construções, com as combinações de cores berrantes e formas pouco harmoniosas de sua arquitetura. Tenso com o contraste estranho entre as ruas de terra e os crentes de terno. Tenso com o contraste estranho entre as conversas de adultos bêbados nos bares e a algazarra alegre das crianças soltando pipa. Tenso com o contraste estranho entre a agitação e o burburinho do interior das casas e o silêncio calmo e sábio das frondosas mangueiras dos quintais.

Em uma rua como as outras achou a casa do motorista. Uma casa humilde como as outras, apenas ainda mais escandalosa, tanto nas cores como nas formas. E no quintal as mesmas mangueiras. Achou-o muito simpático e não estranhou quando percebeu que era uma pessoa extremamente preocupada com estética. Que conhecia e entendia profundamente de arquitetura, formas, cores, composição e história da arte.

Entre cafezinhos na varanda, ele explicou por que apreciava tanto aquelas casas de subúrbio e o porquê das cores, suas tendências geométricas. Tinha orgulho de sua casa. No entusiasmo, convidou o auditor para conhecer seu interior. O motorista sorriu ao ver o rosto surpreso do auditor com os Volpis pendurados na parede da sala.

Explicou: eram presentes de seu ex-patrão, frutos de uma longa discussão sobre estética do subúrbio, os varais de roupas coloridas, as pipas no céu azul, as bandeirolas das quermesses na igreja, o rosa e o verde das casas — e a obra de Volpi. Após a discussão, continuou o motorista, seu ex-patrão chegou à conclusão de que, por afinidade, aquele era o lugar ideal para os Volpis que possuía. E deu-os todos. Achava que ali eles estariam no lugar correto, apesar da opinião contrária do motorista. Este achava que os quadros deveriam sempre estar em contraste com o meio que os contivesse, e não em harmonia.

Pela conversa o auditor percebeu que finalmente tinha descoberto alguém próximo ao executivo que tanto o fascinava. Depois de certo tempo, talvez sentindo mais confiança, o motorista deu uma informação que julgava importante. Aconselhou o auditor a entrar na residência do jovem executivo. Mais não disse, mais não sabia.

No dia seguinte, após o café da manhã, cedo, o auditor rumou para a casa do jovem empresário. Também um prédio negro, perto de um morro de capim muito verde. Exatamente igual ao escritório da empresa. Graças à chave que o motorista lhe dera, entrou na residência, e se confundiu. Ficou em dúvida se estava no prédio da empresa ou na casa do jovem executivo. Os quadros, as cores, os móveis, tudo era exatamente igual. Ali deveria estar a chave do mistério! "É na arte e na estética que deve estar a resposta, e não nos frios documentos", pensou o auditor. Procurou uma pista em todos os armários, gavetas, estantes, criados-mudos, caixinhas, escrivaninhas. Em todos os lugares.

Achou vários cadernos com rabiscos, gráficos e fórmulas estranhas. Junto, alguns textos xerocados sobre pintura, caligrafia e ideogramas japoneses, alguns textos sobre Pollock. Leu um dos trechos sublinhados em vermelho que falava sobre a construção de um ideograma chinês, e a seqüência e a direção corretas dos gestos durante sua construção; devia-se começar da direita para a esquerda e sempre de cima para baixo.

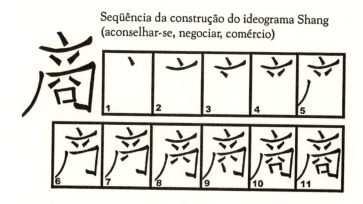

Seqüência da construção do ideograma Shang (aconselhar-se, negociar, comércio)

Não seguir essa seqüência torna o ideograma errado. Um olho chinês percebe se a seqüência foi obedecida. O gesto e sua seqüência fazem parte do ideograma. Não se pode separá-los. E o texto ia por aí afora.

A biblioteca era fantástica, mas só havia livros sobre arte, teologia oriental e alguma coisa sobre artes marciais. Nenhum romance. Nenhum livro sobre administração.

Já em sua casa, cercado dos textos, livros, xerox que havia separado, percebeu que todos os trechos sublinhados falavam sobre o mesmo assunto. Folheando os manuscritos do executivo, descobriu que ele desenvolvia uma idéia de gesto ligado à emoção. De maneira que se uma pessoa estivesse com raiva, alegre, tensa ou em outro estado emocional qualquer, isso fatalmente modificaria um mesmo gesto, tornando o resultado da ação do gesto também diferente. E a emoção, no seu entender, estaria intrinsecamente ligada à circulação energética do organismo (cita vários textos de mestres em lutas marciais, alguma coisa de mestres zen-budistas).

O auditor leu também um outro texto, em que o jovem executivo explicava por que gostava tanto de Pollock. Para o executivo, a beleza de seus quadros não vinha tanto do quadro em si, mas da pulsão energética dos gestos utilizados por Pollock no ato de pintar. O jovem executivo via a possibilidade de transformar em gráficos esse circular de energias do pintor que ficava documentado em seus quadros. O difícil era a leitura do quadro, descobrir os gestos e as seqüências, mas o jovem executivo achava que uma pessoa com bom olho seria capaz de fazer essa decodificação. Do mesmo modo que um olho chinês sabia a seqüência utilizada na construção de um ideograma.

Depois era só aplicar as fórmulas que faziam a

conversão, daí a razão de tantas fórmulas e tantas contas em seus escritos. O auditor começou a ficar preocupado, embrenhava-se em uma floresta totalmente desconhecida. Estava ficando com medo. Medo que o deixava ainda mais curioso e excitado. Arte era coisa difícil para o nosso auditor. Cada vez mais ele a adorava e temia. Um auditor está muito próximo de um contador, ele sabia. E sabia também que um bom contador deve ser contido, meticuloso, reprimido, quase covarde. Eles iam ficando assim com o passar do tempo. É uma profissão que não admite riscos, não admite erros. Tudo deve ser minuciosamente conferido, passo a passo, sem espaço para grandes saltos, nada pode ficar fora do controle. E assim essas atitudes se infiltravam em suas personalidades, de modo que eles iam ficando cada vez mais cuidadosos e meticulosos no dia-a-dia de suas vidas. E muitos tornavam-se totalmente medíocres e covardes. "Deveria haver um adicional de insalubridade em nossos salários, somos os modernos *castrati*", pensou o auditor.

Daí a arte lhe dar medo, e também fasciná-lo, sentia com ela a emoção do *voyeur* da explosão da emoção alheia. Gostava desse sentimento. Sentia esse mesmo medo e esse mesmo fascínio investigando o jovem executivo. Assim como sentia uma certa beleza nos balanços e gráficos epilépticos da empresa que estava auditando. Sempre que observava os balancetes da época em que a empresa havia perdido sua constância de lucros fabulosos e perdido sua harmonia, era invadido por fortes emoções.

Não conhecia a obra de Pollock e de tanto vê-lo citado ficou curioso. Foi à biblioteca do jovem empresário buscar um livro sobre o pintor. Trouxe também um grosso álbum que era o catálogo do acervo do jovem empresário. Depois de ler sobre Pollock, folheou o tal catálogo. E, assim que começou a folhear, estranhou as folhas de papel transparente que às vezes há em álbuns fotográficos, entre uma página e outra. Sobre cada uma dessas folhas havia gráficos. Era a tal teoria do jovem empresário de que quadros poderiam ser transformados em gráficos.

Ali estava a primeira folha do álbum, um quadro cinza e preto; trazia sobre ele, no papel transparente, um gráfico. Um gráfico que nosso auditor não sabia por que lhe parecia extremamente familiar.

Enquanto olhava para o gráfico sobre seu colo, acendeu um cigarro. Acompanhando a fumaça, tentou descobrir por que o gráfico lhe era familiar. O quadro ele sabia, era o mesmo que ficava logo em frente à mesa do jovem executivo em seu escritório na Supercream. Mas o gráfico, não lembrava de onde o conhecia. Puxou outra tragada e de uma maneira distraída pousou novamente os olhos sobre o gráfico, como quem olha um quadro. E foi tomado por uma forte emoção, e esta ele conhecia: era a mesma que sentiu ao observar o gráfico do primeiro balancete quando a Supercream teve seu primeiro desempenho estranho. Seu primeiro prejuízo.

As peças se encaixaram, ele conhecia o gráfico.

Apesar da hora, disparou em seu carro e sem sentir já estava dentro da sala do jovem executivo na Supercream. Acendeu todas as luzes do prédio, foi ao arquivo, espalhou sobre a mesa os gráficos dos desempenhos mensais da empresa. Abriu o álbum do acervo. Ali estava. Exatamente como tinha desconfiado.

O gráfico do desempenho da empresa no mês em que houve o primeiro abalo em sua constância de apenas gerar lucros e o do quadro cinza eram o mesmo. O gráfico do mês seguinte também batia com o de um outro sobre um quadro redondo, roxo e preto. O mesmo acontecia com os meses seguintes, o gráfico de um quadro vermelho e preto, o gráfico de um quadro enorme azul e preto batiam com os da empresa. Os gráficos dos quadros e os gráficos do desempenho da empresa eram sempre iguais. Até chegar ao último quadro do acervo.

Tinha sido uma seqüência de operações brilhantes, para conseguir desempenhos que formassem exatamente o gráfico predeterminado pelo quadro escolhido para a empresa representar em determinado mês. Muito mais brilhante do que qualquer auditor poderia supor.

Havia a lógica! Por trás das loucas e epilépticas movimentações financeiras havia a razão. Todos os lucros e prejuízos tinham sido milimetricamente calculados.

A empresa estava auditada. Amanhã iria fazer seu relatório.

O Arabesco

Repousando em um quarto de hospital, o professor, com a humildade dos sobreviventes, fruía o sabor simples da vida. Agora, o cuidado era se cuidar para não ficar maluco.

Este era o problema. Já fazia anos que bastava fechar os olhos e lá estava a imagem:

Fugidia e permanente como o dia.

Certa vez, em seu carro, atrasado para o trabalho, percebeu que era mais que supunha. Em um trânsito extremamente engarrafado, lá estava, à sua frente, a traseira de um caminhão que se punha a acompanhar o lento arrastar dos carros. A lona da carroceria, bem amarrada, cobria toda a mercadoria, mas, do mesmo modo como uma saia deixa aparecer as pernas de uma mulher, a lona deixava à mostra belos arabescos coloridos, tatuados à mão, que todo caminhão tem em sua carroceria de madeira.

Quando o professor percebeu já ia longe, em plena Rio—Bahia. Atrás da carroceria havia quase um dia.

Ter ido, sem sentir, atrás de um arabesco, em vez de cumprir suas obrigações e compromissos, o assustou. Assustado, percebeu que o arabesco era muito mais que uma estranha fruição estética.

O professor resolveu investigar. O professor tinha pistas. O professor tinha problemas.

Sentou-se num restaurante de beira de estrada. Abriu sua pasta, tirou sua calculadora, papéis e caneta. E, enquanto comia seu bife com fritas, começou a desenvolver um problema.

O PROBLEMA

Era uma vez um menino "A" de cinco anos, um pai "B", de idade qualquer, e um sítio "C" de tamanho desprezível, onde toda a família "D" ia todos os fins de semana.

A viagem tinha aproximadamente cinco horas de duração, sendo quatro delas em uma auto-estrada de tráfego intenso e uma hora em estrada vicinal de tráfego insignificante. Sabendo-se que nos quatro meses das férias escolares apenas o pai "B" fazia essas viagens, ficando todo o resto da família "D" no sítio "C" e levando-se em conta que:

1) o carro do pai "B" era sempre o mesmo, antigo e pouco possante, o que dificultava as ultrapassagens velozes, e

2) o sítio "C" foi comprado quando o menino "A" fez cinco anos e vendido quando o menino fez dezessete anos, e

3) o movimento da estrada era de 30% de ônibus, 20% de carros de passeio, 50% de caminhões, e

4) sabendo-se, finalmente, que o menino "A" viajava sempre no banco da frente entre seu pai e sua mãe e nunca dormia durante a viagem, o que é possível se provar?

O professor deu a última garfada em seu bife, bebeu um gole de sua cerveja e sorriu: estava chegando lá. Tinha o problema e sentia que estava trilhando a trilha que trilham as grandes descobertas. Continuou, mais seguro.

Considerando-se os dados — tráfegos, distâncias, potência do carro —, é possível se chegar a uma curiosa conclusão. A conclusão de que a possibilidade de o carro do pai do menino "A" rodar atrás de um caminhão, por viagem ao sítio "C" da família, era de duas horas por viagem, não levando em conta, é claro, a hora gasta na estrada vicinal, de trânsito insignificante. Como essas viagens eram de ida e volta, temos um resultado de quatro horas viajadas atrás de caminhões por fim de semana.

O professor ia desenvolvendo seu problema, fazendo seus cálculos e seguindo as malhas de seu raciocínio quando um vulto raivoso o interpelou, reclamando furioso que um sujeito o estava seguindo desde o Rio. O professor não prestou atenção. O professor devia ter prestado atenção. Era com ele. Em um hospital ao lado de um prédio negro, perto de um morro de capim muito verde, tomando cuidado para não ficar maluco, o professor continuou desenvolvendo seu problema:

A partir das quatro horas em questão, viajadas atrás de caminhões, pode-se chegar ao resultado, por mês, de dezesseis horas viajadas atrás de caminhões. Tendo como base esse resultado, podemos calcular um total de 128 horas por ano, já descontados os quatro meses das férias.

Temos então, como resultado final, que o menino "A" passou 1.536 horas de sua vida atrás de caminhões, uma vez que essas viagens se realizaram por doze anos (de seus cinco aos seus dezessete anos).

Sabendo-se que a velocidade tanto do carro quanto dos caminhões era lenta e levando-se em conta que as carrocerias dos caminhões eram os suportes dos coloridos arabescos que sobressaíam das traseiras fumegantes dos caminhões, é de se supor que era para aí que os olhos do menino "A" olhavam. Talvez até como forma de se desviar do monótono e barulhento rolar dos caminhões. E da silenciosa e tensa atenção de seus pais.

Podemos provar, portanto, que foi para esses arabescos que o menino "A" ficou olhando durante 1.536 horas de sua vida.

O professor se acalmou.

O enunciado do problema, seco e monótono como o rolar dos caminhões de sua infância, deu-lhe um estranho, seco e monótono sentimento. Com um susto ele entendeu o arabesco. O arabesco era um ideograma. O ideograma das 1.536 horas do contato quente e ininterrupto com o silêncio tenso e intenso de seus pais.

O professor fechou os olhos. O professor fechou os olhos e fruiu. O arabesco era importante.

Lambaris

BEM-ME-QUER... MAL-ME-QUER

— Alô... é do serviço de Proteção à Vida? Desculpe... sabe o que é... estou com medo. Muito medo. Estou apavorado.

— Bzz bnvjhdhdjwjn mngig nbbfrb nfbbf iuyo?

— Claro, porra! É que estou só, sozinho. Completamente só. Estou só, e com a impressão de que nada vai mudar. Sinto que a única coisa que sei fazer comigo é me matar. Porra... não agüento mais.

— Ono on nono nhijkpo nhuio mjko poiuu nhuiokj?

— Não fode! Você não vê que é sério? Aliás, nem sei por que estou lhe telefonando. Presta atenção: estou com medo. Tenho medo. Tanto medo que aumenta mais ainda meu medo.

É uma dor muito funda. Dói muito fundo. O que é eu não sei... Mas quero morrer logo. Acabar com tudo isso e sair desse medo horrível. Não quero mais acordar de manhã todo suado e urinado. Posso dizer que conheço profundamente o medo. O medo real. Não esse medo idiota e objetivo que todo mundo tem. Mas O Medo, o medo puro, o medo absoluto. Posso dizer que se agüentei a vida até hoje é porque sei que ela é o caminho seguro para o fim de tudo isso.

— Ono dmjfuio asdfglkjh mnvbhukri mndjfup mnb?

— Você é louco! Você é mesmo estúpido! Parece que não entende que eu queria mesmo era achar um responsável, e dar uma porrada bem forte, bem no centro dele... Mas eu acho que estou morto... Bem morto! E com medo de, de repente, estar vivo dentro de um cadáver. Medo de passar o dia inteiro sentado, me levantar e sentar de novo. Medo de não mudar e achar que mudei. Entendeu?

— Hu snkkdiu kfui kfghy hkjfgam fjryjk sdfghjkl fgir?

— Você é ainda mais estúpido do que pensei. Acho que você não está entendendo nada. Deixa eu lhe explicar o Mundo. O Mundo é assim: apavorante, muito apavorante, ouviu? Sangrento, muito sangrento! Ele mete medo, muito medo! Viver nele é uma dor muito funda... funda, entendeu? Estamos todos mortos, com o fígado estraçalhado, entendeu? Estamos como se fôssemos lambaris fora do rio. Isto é o Mundo, assim é o mundo. Entendeu?

— Ono fguidn jhfghunshfh dkuffhuyriu bfauf odfghjk sdfghjkliof iudfadkjfh dfhkahiiieyr kjdlfkjadfj lkjfadhf adjfhkjd dfhjdf djfhkddf kjdhfkdjh mnkjhdfi nzbcvznxbv kjhbfg urytur rytyyuijhk kjjl; fsgosriug iutuwr rtiurt wrioutow irut irutiowwur iturit roiturtoriturto rituorit iurtoiru oirutorit kfg fkjgig fhjfgjdgjdl lajdfklj akdd fdjfld!

— Caralho! Agora sou eu que devo lhe sugerir um tiro na cabeça! Você não entendeu nada. Você acha então que o que estou tentando dizer é que tive a emoção no fígado? O raciocínio rápido e escorregadio como um lambari num rio? Que vi um emaranhado de coisas que para resolver é só resolver???

— Xjijjlkhhifyunjjho hkjoiu klkjl hiukk lkjkh?

— Não faz sentido... o raciocínio rápido como um lambari num rio... não, não faz sentido... E a morte? E o medo, porra. Você acha...? Mesmo...? Esse negócio de lambari eu gostei... sabe... eu gosto muito de peixe, sabe. Tenho até um aquário, um aquário muito grande, sabe... bem iluminado, sabe... E aí de manhã, quando eu acordo, sabe... eu acordo e a primeira coisa que eu faço é ir logo ver o aquário... aí, sabe... eu dou comida para os lambaris do aquário, sabe... e fico olhando eles comerem... sabe... os lambaris... os lambaris nadando rápido de um lado para o outro no aquário... sabe. Sabe... eles nadam rápido... os lambaris... entende... existem os lambaris, se justifica viver, entende... o prazer de vê-los nadar, entende... é que hoje eu não conseguia me lembrar dos lambaris, entende... e aí o pânico aumentou cada vez mais até que no mundo não existia mais nada, não queria mais, sabe... Os lambaris, sabe... você entende... os lambaris...

— Nhlki hhko nvhu hduhj!

— Pra você também.

O Método

Um cansaço imenso estava tomando conta de seu dia. Dia a dia. Esfregou a mão na face e sentiu a umidade de seu suor frio e o peso de sua idade.

Esfregou a mão no outro lado do rosto e sentiu sua pele juvenil envelhecendo segundo a segundo, como acontece com todo mundo. Respirou profundamente e continuou seu trabalho.

Enquanto trabalhava, absorto em um vigésimo andar de um prédio no centro da cidade, pensou em como podia, com apenas vinte e nove anos — ainda tão jovem — já sentir todo esse cansaço, cansaço de séculos.

Com certeza era seu método. Com certeza era por causa dele que tinha a vida tão avançada no tempo, quase eternidade adentro.

Por que utilizava esse método, não sabia. Aliás, nem sabia que tinha um método.

Esse método equivalia ao rapaz ser a própria conjugação de um verbo que se permitia conjugações simultâneas em vários tempos, do pretérito imperfeito ao futuro mais que perfeito, tudo ao mesmo tempo. Mais ou menos assim:

Desde que começou a ter passado, conseguia viver no passado.

Desde que teve consciência do presente, vivia às vezes o presente.

Desde que percebeu o futuro, gostava de tentar vivê-lo.

Esse método permitia que ele estivesse com a vida correndo em pelo menos três faixas de tempo, ao mesmo tempo, e ainda a ida e vinda nelas de uma maneira quase infinita, o que lhe exigia pelo menos o triplo da energia de quem corre com a vida em apenas uma faixa de tempo.

O momento atual e ele se combinavam baseados apenas na repulsão. Era através dela que ele tinha consciência do presente. Como dois ímãs, irmãos de mesma polaridade, ele e o momento atual se repeliam com uma força invisível. Mas nunca o bastante para se afastarem definitivamente. Um sempre rondava o outro, mas um contato, quando acontecia, era apenas pela força da repulsão.

Isso sabíamos nós. Ele não sabia de nada, apenas sofria. E não adiantava explicar nada sobre seu método. Sempre que se tentava alertá-lo ou explicar alguma coisa sobre sua forma de viver, ele respondia com uma mesma resposta e continuava agindo da mesma forma.

Um dia em seu escritório, sem motivo aparente, começou a sua dança, uma mudança para o exagero. Enquanto preparava seu relatório anual, ele começou um estranho passeio:

...se eu não tivesse sido tão displicente naquele trabalho, poderia agora estar rico, quem sabe, com escritório próprio, uma porção de clientes, sem chefes para me controlar...

...lá está, aquela bela e outrora indecisa mulher; agora velhinha, a idade a tornou real, tirou-lhe o frescor da juventude mas deu-lhe uma existência afiada como uma navalha. Será assim a minha esposa, como sempre sonhei que teria um dia...

...no meio dos canibais, na paz da nudez, me acontece uma suave ereção ao roçar o seio da moça branca, salva na selva faz alguns anos, e que hoje vive entrosada no meio dos índios, e que sempre olha gulosa para todas as ereções que aconteçam ao seu lado...

...talvez devesse mandar este relatório para todos os gerentes e não só para a diretoria...

...na festa todos me respeitavam, percebo nítido o olhar da inveja, e me afundo nele e no conforto da poltrona, consegui, eu venci...

...meus doze anos, como gostava de passar as tardes na beira daquele rio, pescando lambaris e fumando escondido...

...os pobres vinham de todos os lados atrás de emprego, bondade, paz de espírito e sapiência, e eu lhes oferecia. Tinha valido a pena poder proporcionar tudo isso aos desafortunados e sentir o prazer de ser um moderno santo empreendedor. Um sucesso, nesta nossa cloaca social...

...às vezes passando fome. Às vezes participando de grandes banquetes, uma hora a riqueza, outra a pobreza, sem nunca saber como será daqui a pouco. Cada dia uma beleza diferente. Conhecendo a beleza da diferença e o fogo do efêmero...

...será que quando for velho vou mesmo me sentar feliz debaixo de uma árvore frondosa, na margem de um rio e me lembrar que na infância, pescando lambaris, eu imaginei que um dia na velhice iria me sentar feliz sob uma árvore e me lembrar desse momento...

...fracassado e doente, aqui estou, pobre e solitário, e pior, chorando de pena de mim mesmo, com medo da morte que já se instala em meu corpo derrotado...

O rapaz levantou os olhos de seu relatório. Exausto com as mudanças de tempo e de estados emocionais. Levantou-se, arrastou-se como um velho quase à morte até a mesa de sua secretária e entregou-lhe o relatório.

Sem perceber, mais alguns séculos haviam sido acrescentados à sua idosa juventude. E naquele momento, para quem observava de longe, sua vida parecia ter ficado pesada demais para suas forças.

O Grande Crash

Enquanto mexia lentamente a sopa que borbulhava sobre o fogão com uma velha colher de pau, um pensamento não saía de sua cabeça.

Enquanto prestava atenção ao vapor que subia da panela e aos profundos sulcos que a velha colher de pau deixava naquele caldo grosso, pesava os prós e contras de suas idéias.

Enquanto mexia a sopa que fervia e borbulhava violentamente, tomou finalmente a decisão que havia tanto tempo o atormentava.

Levou a sopa à mesa e comunicou sua decisão:
— A partir de hoje vou ser padre!

Soltou a frase e encolheu-se assustado com sua coragem e com o poder explosivo do que se iniciava. Encolheu-se e ficou observando o grande caos que começou a se formar.

— Vou ser padre!
Não que gostasse da coisa em si, mas não agüentava mais. Não agüentava mais e não via outra solução. Ao caralho com tudo! Não gostava da coisa em si, mas via grandes vantagens. Pelo que sabia, padres não tinham família como todo mundo tem. Tudo é abandonado para se entrar em uma dimensão muito maior, sem os sentimentos pequenos e mesquinhos do cotidiano. Invejava nos padres o fato de pertencerem ao nada e ao mesmo tempo a toda a humanidade. E sobre eles apenas Deus. Deus e nada mais.
Queria sua vida correndo sobre o fio da navalha. Achava que para isso precisava estar só e esse era o motivo por que queria ser padre, pois estão sempre envolvidos com sua própria solidão.
Achava que sabia a razão de a Igreja proibir o casamento do clero. Achava que sabia a razão e concordava com ela. No seu entender, a Igreja proibia o casamento por uma questão muito mais profunda do que a banal castidade. Se tinham ou não relações sexuais, não era importante. O importante era mantê-los solteiros e solitários. No seu entender, a Igreja sabia que apenas ao solitário é dada a permissão de entrar em contato com os mais profundos e horrendos fantasmas da humanidade — o contato com o horror no sentido mais absoluto.

Um contato que só se dá de maneira ampla se você estiver só. E a Igreja sabia que só ao solitário é dado o poder de sofrê-lo e entendê-lo. Na sua opinião, a Igreja sabia que só quem já encarou o horror frente a frente está em condições de envolver-se de uma maneira profunda com o outro. A Igreja sabia que dividir e misturar uma vida com uma outra em um relacionamento afetivo cria muitas vezes uma trava que dificulta e destrói a entrega à vida de padre, o que solitários conseguem sem dificuldade.

O solitário é sempre o único responsável por seus erros ou acertos, ele não pode responsabilizar o parceiro pelo seu fracasso, como podem fazer os casais. Daí a importância do celibato. O celibato garante que os mais terríveis e profundos demônios da humanidade serão enfrentados pelo padre individualmente. Achava que a Igreja sabia também que só no abraço total à mais profunda angústia, no abraço aos seus piores e mais pavorosos fantasmas, só aí, só após esse contato, o homem está frente a frente com sua verdade. E esse era o caminho para Deus, achava.

Ter acesso a Deus era uma propriedade dos que sabem da solidão, que conseguem se manter atentos no sofrimento. Só quem teve acesso ao seu horror consegue olhar o semelhante com compaixão. Quanto às inquietações do sexo, não é necessário um casamento para resolver essa questão. Esse é um problema que cada um resolve como achar melhor. E amor os padres têm de toda a humanidade, dos que eles protegem e ajudam e, é claro, o de Deus.

Um padre, na sua opinião, deve estar sempre aberto para qualquer pessoa. Precisa entregar-se por inteiro, mas também resguardar-se para não se afogar na desgraça alheia. Deve estar sempre em posição segura, firme em sua solidão, para quando puxar a mão do afogado, não submergir junto. Precisa de paz para distribuí-la a quem não tem.

Enfim, a razão por que padres casam ou não pode ser uma questão extremamente apaixonante, mas que nesse momento não tinha a menor importância. Não era importante nem queria saber por quê. Apenas queria ser padre justamente porque eles não se casam.

Pode-se ouvir de longe a implosão do casamento de anos desmoronando todo de uma só vez. Segundos após proferida a frase relatando seu desejo, só restavam escombros.

A poeira levantou alto. Na sala só havia agora duas pessoas que se olhavam assustadas por entre as ruínas e os destroços de um longo, sólido e estável casamento.

Ele assustado com a sua coragem. Ela assustada com a impossibilidade de um retorno. E os dois com o mesmo medo do desconhecido.

Ele sabia que estava se separando de todos os valores, de todos os seus bens, de tudo o que havia conseguido construir e de todo o seu passado recente.

Ela sabia que era necessário argumentar sem parar. Freneticamente. Obsessivamente. O principal objetivo era muito menos a lógica do que envolver esse desejo estranho em um novelo de argumentos, questões e ponderações, de maneira a confundir e abafar essa fantasia estapafúrdia de ser padre. Como uma aranha envolve com seu fio um inseto pego em sua teia. Até a morte.

Mas fracassou. Ela sempre conseguiu minar dessa forma todas as idéias e desejos que ele apresentava. Mas agora não sabia como agir, não sabia onde colocar os panos quentes. Não sabia o que fazer.

Ela sempre achou seu marido esquisito e teimoso, mas jamais pensou que um dia perderia o controle da situação. Achava que depois de tanto tempo tinha o controle. Havia se enganado. Um certo controle ela sempre teve, mas nunca total. Também nunca percebeu como ele odiava esse controle.

E ele odiava muito. De uma maneira surda e covarde. Depois de anos juntos, sem saber por quê, ele não conseguia tomar sozinho uma decisão, por mais idiota que fosse, sem consultar a mulher. E geralmente o resultado dessa consulta era justamente a opção que menos o interessava, e pior, ele acabava sempre fazendo exatamente o que lhe era sugerido.

Com o passar do tempo o máximo que fazia era não fazer. Ficava imóvel, não fazia o que queria, mas também não fazia o que não queria. Uma atitude catatônica, que não levava a nada, mas que era a única atitude que ele conseguia tomar. Parece que o inverso também era verdadeiro.

Havia muito que queria acabar com isso tudo. Mas não sabia como, sozinho não tinha forças. Teria que consultar sua mulher, pedir sua ajuda, e, é claro, ela seria contra. Esse era o problema, estava de tal forma habituado a essa situação que precisava do apoio dela para qualquer decisão que quisesse tomar. Precisava que ela o ajudasse, e ela não o faria.

Essa era a razão por que precisava de uma atitude radical, como a idéia de ser padre. E o melhor da idéia é que o livrava para sempre do risco de cair novamente em outro tropeço. E ainda por cima teria uma instituição sólida como a Igreja fornecendo regras para seguir sua vida. "Ser padre! Como não tinha pensado nisto antes?"

Liberdade. Teria novamente o controle, não precisava mais dividir o comando de sua vida com ninguém. Com a sensação de uma estranha liberdade, lembrou-se de sua infância, sua infância havia sido especial. Não foi sempre que viveu nessa maluquice. Sua infância foi longe desta porcaria toda. Uma porcaria diferente, distante e bem diferente, na roça. Roça mesmo. Eram muito pobres em um lugar onde todos eram pobres. Moravam em uma casa de pau-a-pique como todas as poucas casas que havia. O chão era de terra batida, o teto de telhas. Vermelhas do lado de fora e pretas do lado de dentro, pela ação da fumaça do fogão a lenha, que sua mãe vivia soprando. Mantê-lo aceso e providenciar lenha eram as maiores preocupações de sua mãe.

Não havia luz elétrica, nem água encanada nem vizinhos por perto. A água vinha de um pequeno filete que corria pela sombra da mata de onde saía por uma bica de madeira, caindo dia e noite sem parar, sobre uma pedra já côncava pela ação da água. Dessa bica se bebia água sempre fresca. Lavava-se a roupa sem estar suja. Tomava-se banho, sempre gelado. As necessidades eram feitas nas bananeiras plantadas na beira do córrego para esse fim, bem abaixo da bica, para não colocar a pureza da água em risco.

A casa estava sempre envolta em silêncio e em

um cheiro meio azedo. Um suspiro ganhava o destaque de uma trovoada. E, ao meio-dia, com o calor, até os pássaros e insetos se calavam. A mãe falava pouco, com medo de falar alguma besteira e levar uma reprimenda. As crianças falavam menos ainda, pois corriam risco duplo, podiam levar uma reprimenda do pai e da mãe.

Mas pânico mesmo era voltar para casa em noite sem lua. Era terrível. O tempo não passava, e quanto mais se andava — por mais árvores, morros, grotas e capoeiras que se deixassem para trás —, mais a solidão aumentava. Quanto mais alto ficava o som de seus próprios passos, maior era o medo e mais o coração pulsava apavorado.

Cada galho, cada folha, cada arbusto se transformavam em lobisomem ou mula-sem-cabeça mais apavorante que o anterior. E, quando tudo parecia perdido, de repente surgia uma luz amarela e fraca de um lampião brilhando longe no escuro.

Era a salvação. Era o alívio. Caso fosse possível juntar o resto das forças corroídas pelo medo e chegar ao seu objetivo final, podia ser a salvação. Como a luz faz com as mariposas, aquela luz sugava quem estava chegando no escuro para o meio da cozinha, onde brilhava fraco um lampião. Havia a salvação. Cercados de pessoas com quem, por piores que fossem, podia-se ficar junto em silêncio, dar algumas gargalhadas e disfarçar a solidão que a gente sente pelo mundo afora.

Mas isso era passado. Agora não havia mais bica, nem casa de pau-a-pique, nem lobisomens, nem lampiões. Havia apenas um prato de sopa que estava cada vez mais gelado à sua frente e dois olhos que o fitavam assustados, esperando seus próximos passos.

Ela estava assustada. Perder a posse das decisões de seu marido iria dar em uma solidão abissal. Por mais que olhasse em torno não conseguia entender o que estava acontecendo. O que fazer? Era a merda suprema, e, por falar em merda, que merda faz a mulher de um padre, afinal?

O que faz a mulher de um padre, quais são as suas funções, além de ser sempre a última a chegar nas brincadeiras de correr?

Será que ela também prega botões em sua camisa? Quando se lembrou da quantidade de botões que há em uma batina se sentiu mais segura e necessária. Mas santa merda, padres não têm esposa. Finalmente ela entendeu.

Era realmente o fim. Pela primeira vez em muitos anos ele tomou uma atitude, mas quando tomou foi definitiva.

Procurou os olhos de seu marido ainda mais assustada, esperando descobrir qual seria o próximo passo. Fitaram-se por alguns instantes, sabendo que era a última vez. Suas vidas iriam de novo correr por cima do fio da navalha de seus medos e angústias. Eram a partir de agora duas vidas distintas.

Depois de arrumar a mala com o que julgava ser seu, ele se despediu rápido e bateu a porta. Nunca mais iria voltar.

Havia lutado bastante para ser bem-sucedido profissionalmente. Não tinha ficado rico, mas havia lutado muito pelo salário razoável que tinha agora no final do mês. Não tinha a quem recorrer e sempre soube como era importante estar bem empregado. Como iria fazer agora com sua nova carreira de padre, não sabia. Sabia que era bastante competitivo e se tudo desse certo provavelmente logo chegaria a bispo. Mas realmente esse não era o problema, talvez fosse melhor ser apenas padre e pronto, afinal a Igreja não era um lugar para competições profissionais. E se fosse, deixaria essa questão para outra hora. No momento estava querendo se envolver em questões mais espirituais.

Sentiu um alívio enorme e um buraco imenso em sua alma. Precisava organizar agora com cuidado seus próximos passos. A rua em que morava havia décadas parecia completamente desconhecida. Quanto tempo havia passado do momento em que colocou a sopa na mesa até agora, não sabia.

Apesar da importância que o tempo tem, ele não era importante agora, importante agora era a necessidade de se tomar uma decisão.

Tomar decisão era uma coisa que não fazia havia muito tempo. Que havia muitos anos não fazia só. Esperava não ter perdido essa capacidade. Esse era seu grande medo: seria capaz de tomar uma decisão sem consultar ninguém?

Para sua surpresa, saiu-se bem no primeiro teste.

Decidiu que sua nova casa seria um hotel por onde havia anos passava em frente. Decidiu que o hotel sempre o atraiu. Decidiu que gostava da construção. Decidiu que tinha um nome bonito: Hotel Renata. Decidiu que gostava de prédio com nome de mulher.

Era um prédio baixo, antigo, confortável e bem conservado. O interior e a localização também eram bem interessantes. Decidiu que esse iria ser seu novo endereço. Domingo à noite não deveria ser difícil achar um quarto, ainda mais porque o hotel dava a impressão de que nunca ficava completamente lotado. Talvez no passado, quando o Rio de Janeiro era a capital do País, sua localização perto do Palácio do Catete possa ter lhe proporcionado momentos de glória.

Cumpriu as formalidades — nome, número da identidade, CPF, cidade de origem, profissão etc.

No dia seguinte acordou cedo. Surpreso por acordar só, analisou o quarto, os móveis, a janela e gostou mais ainda de sua nova casa. Levantou-se sozinho, fez a barba sozinho, urinou sozinho, tomou banho sozinho, escolheu sozinho a roupa que iria vestir e sozinho desceu para tomar café. Não havia vida melhor.

Depois do café no refeitório do hotel, subiu para escovar os dentes, olhou-se no espelho para conferir sua aparência e foi trabalhar.

Trabalhou a manhã toda e aproveitou a hora do almoço para ir ao Mosteiro de São Bento. Precisava falar com um padre. Precisava de informações de como tornar-se um deles. O padre ouviu-o com toda a atenção, como fazem sempre os padres.

O rapaz explicou suas mais profundas razões, toda sua convicção e vocação para o sacerdócio. Mas foi impossível para o padre levá-lo a sério. Era óbvio que o rapaz não entendia nada de padres, religião e Igreja.

Com a paciência peculiar dos padres, explicou

como eles eram formados. Deu uma verdadeira aula de assuntos eclesiásticos e explicou as principais regras da Igreja. Explicou que para ser padre era necessário percorrer um longo caminho, que ele infelizmente não iria poder percorrer mais. Poderia participar de várias outras formas, mas como padre, não.

O rapaz ouviu com atenção e, com muita tristeza, entendeu que seu sonho havia acabado. E essa era a maneira que ele havia imaginado para resolver sua vida. Era a maneira que havia imaginado para garantir o controle sobre sua vida. Havia outras igrejas e religiões, mas nenhuma servia a seus propósitos: a Igreja Católica era a única que exigia o celibato, como queria. Percorreu e atravessou todas as ruas necessárias até estar em frente ao prédio negro em que trabalhava.

O mundo havia perdido parte de seu encanto. Refletiu sobre a sua vida, sua situação e as palavras do padre.

De qualquer maneira estava solteiro como desejava, era só não se casar novamente, quem sabe ele não conseguia organizar sua vida sem depender de terceiros.

Para ajudar o próximo, entrar em contato com sua solidão, seus demônios e crescer espiritualmente, para ter acesso à verdade, talvez não fosse necessário ser padre. O principal já tinha conseguido: era dono de sua solidão e não tinha mais intermediários entre seus sentimentos.

Sim. Iria ele mesmo remanejar e organizar sua vida. Não seria simples, quase sempre existiu alguém entre ele e seus desejos. Desconhecia-se completamente. Precisava se redescobrir, saber do que gostava, quais eram seus amores, seus ódios, seus prazeres.

Precisava redescobrir-se e com essa redescoberta criar uma rotina de hábitos e não se afastar de quem descobrira ser. De maneira que soubesse sempre quais seriam seus próximos passos. Da mesma maneira que a Igreja faria por ele, se tivesse se ordenado padre. Uma rotina para seguir sem se questionar. Uma vida segura e plena. Já que não podia ser padre, iria ele criar a sua própria rotina de vida. Iria criar sua própria Bíblia e os seus próprios Dez Mandamentos.

À noitinha chegou ao hotel, pegou sua chave e subiu para o quarto.

Acendeu a luz e examinou satisfeito que a cama havia sido feita, o quarto arrumado e que estava só. Mudou de roupa, sentou-se à velha escrivaninha de madeira escura. Respirou fundo aquele cheiro de mofo com produtos de limpeza que tanto o agradava e começou.

Abriu o primeiro dos grossos cadernos que havia comprado. Era preciso, antes de qualquer coisa, listar tudo de que gostava e tudo de que não gostava. O segundo passo seria dar prioridades, era importante deixar claro seus gostos e em que seqüência gostava mais de uma coisa do que de outra. Depois seria necessário criar uma série de hábitos e procedimentos que se afinassem com suas descobertas.

Iria criar seu próprio livro de hábitos e procedimentos e segui-lo à risca. Criar a sua própria Bíblia.

Começou pelo mais simples: comida. Do que gostava e do que não gostava. Gostava de comer bem, não havia dúvida. Não era um glutão, mas apreciava esse item. Comia pelo sabor e suas combinações, sem desprezar contudo o valor nutritivo dos alimentos.

Gostava da cozinha italiana e da portuguesa e um pouco menos da francesa. Gostava de carne, legumes, de comida farta sem afetação. Dos animais de pêlo, gostava principalmente do boi. Dos animais de pena, gostava de todos. Dos animais de escama, gostava dos peixes, não gostava de cobras e lagartos, detestava os lagartos. Em sua infância, era sempre ele que tinha de abrir e limpar os lagartos que seu pai caçava; eram lindos, mas morria de nojo dos insetos que encontrava em seus estômagos, que às vezes se rompiam. Sim, ele era carnívoro apesar de tudo.

Dos legumes, gostava de todos, mas não feitos de qualquer maneira, de jeito tosco. Gostava da textura dos legumes. E gostava de pratos que usavam legumes como complemento. Adorava também as saladas e os grãos. Das frutas gostava de quase todas. Gostava de frutas com muito caldo, como o abacaxi e a manga.

Gostava da comida brasileira, particularmente da mineira de sua infância. Foram quilômetros de linhas escritas. Descreveu cuidadosamente de quais pratos gostava e percebeu que uma boa refeição era um item importante em sua vida. Não sentia total aversão pela comida macrobiótica, mas via nela o mesmo prazer que deve haver em ter relações sexuais com uma beata.

Mulheres: descreveu como gostava delas e do que gostava nelas. Gostava das morenas, das loiras, das ruivas, das mulatas, das negras e das asiáticas. Não gostava de mulher muito magra nem de mulher afetada demais — apesar de achar que na cama eram as que mais se empolgavam. Gostava de mulheres baixas, altas, com seios grandes, seios pequenos. Gostava de olhar o rosto de uma mulher que estivesse completamente nua. Definiu que gostava das mulheres, da cópula e de tudo que a envolve. Sexo era uma das coisas de que mais gostava, gostava de trocar prazeres com uma mulher.

Amigos: descreveu os amigos, como deveriam ser. Gostava de ter amigos íntimos. Poucos, mas bastante íntimos. Gostava de amizades profundas, com que pudesse ser sincero, demonstrar seu afeto, seus medos e suas dúvidas sem preocupações.

Não gostava de amigos que falam demais. Achava que eles deveriam ser diferentes entre si. Cada um deveria ter características próprias. Descreveu como deveriam ser os homens para serem seus amigos. Apesar de apreciar a companhia masculina, ser delicado com as mulheres e ter horror a falta de respeito nas relações humanas, não se considerava homossexual. Não sentia desejo carnal por outros homens. Descreveu também como deveriam ser as mulheres para serem suas amigas. Gostava de amizades, mas gostava também de segredos.

Escreveu muito, páginas e páginas. Cadernos e cadernos. Muitos cadernos. Fez uma obra completa, que foi fundamental para que soubesse quem ele era. Enfim se conhecia real e profundamente. Saber do que gostava fazia-o saber quem era e o que queria da vida. Agora que tinha recuperado a posse do conhecimento sobre si mesmo, podia escrever uma rotina de vida adequada à sua pessoa.

Iria criar sua Bíblia como se fosse uma agenda. Dia, semana, ano. Iria dividir sua vida em dias da semana e para cada dia da semana iria escolher uma atividade que estivesse de acordo com suas descobertas.

Não tinha conflitos profissionais. Sua profissão o agradava. Além disso, seu salário era fundamental para realizar seus desejos. Gostava de seu salário e havia lutado muito para consegui-lo. Seu único problema com ele era o medo de perdê-lo. Não foi fácil se formar, já foi pobre e sabia que todo o resto na vida se torna muito mais simples depois da questão profissional estar resolvida. Apesar de toda precariedade do País, essa era a única parte de sua vida que estava definida e consolidada. Iria mantê-la exatamente como estava. Apenas ficaria atento para que seu envolvimento com o trabalho não fosse além do necessário, para que não tirasse a atenção de suas descobertas e para que sua vida seguisse dentro da orientação de sua Bíblia.

Para estar em paz consigo era fundamental que todo dia realizasse pelo menos uma atividade de que descobrira gostar. Realizá-las lhe daria a certeza de estar vivendo a vida que descobrira querer viver. Essa foi a razão por que dividiu sua Bíblia como se fosse uma agenda.

Segundas-feiras. As segundas-feiras ele aproveitaria para o exercício físico, gostava de esportes. Toda segunda, depois do trabalho, correria na praia. Depois tomaria uma água de coco. Em casa, após o banho, ouviria música.

Terças-feiras. Aproveitaria a hora do almoço das terças para comprar e repor os CDs que haviam ficado em sua antiga casa. A noite de terça seria aproveitada para ir ao cinema, gostava muito de cinema, quase tanto quanto de música. Depois voltaria o mais rápido possível, sempre lembrando que o trabalho o obrigava a acordar cedo.

Quartas-feiras. As quartas-feiras seriam utilizadas para visitar ou sair com algum amigo ou amiga, beber alguma coisa, conversar, trocar idéias, rir um pouco e depois voltar ao seu hotel.

Quintas-feiras. Depois do almoço de quinta iria às livrarias ou exploraria os sebos que existem no Centro. Daria uma olhada nos lançamentos e vez ou outra compraria um livro. A noite de quinta seria dedicada à leitura.

Sextas-feiras. Este seria o dia dedicado ao flerte, às mulheres. Seria dia de ir a bares, discotecas e trocar olhares com mulheres que o atraíssem e que por ele se sentissem atraídas. Depois iriam a um motel, transariam e, para evitar o risco de perder o controle de sua solidão, jamais se veriam novamente.

Sábados. Aproveitaria para passear pela cidade e

seus arredores. Com a preocupação de fazer antes um roteiro que incluísse um bom restaurante para o almoço. Como gostava de andar de ônibus, compraria um guia com os roteiros das linhas de ônibus, mapa da cidade, e guias de restaurantes, de maneira que criasse passeios por todos os bairros do Rio. Como se fosse um turista em sua própria cidade.

Domingos. Nos domingos, se fizesse sol, iria à praia, e, depois do sono do almoço, à tarde, iria a algum asilo, hospital ou outro lugar onde sua ajuda e companhia pudesse ser útil. Achava que aos domingos, principalmente à tarde, a solidão chega com muita força.

Assim seriam suas semanas de janeiro a dezembro, tudo muito minucioso. Tinha agora seu próprio livro de valores e procedimentos. Qualquer dúvida, era só consultar seu Manual de Uso, sua Bíblia.

Também estabeleceu metas, o que fazer em um ano, em dois anos, como deveria agir depois de dez anos, vinte anos, e assim por diante. A cada novo ano havia algumas mudanças nos procedimentos. Como se fosse uma escada, estava tudo previsto. Tudo muito simples de ser seguido por uma pessoa obstinada e que tinha um salário razoável como ele.

Mas havia um problema: as mulheres.

Não seria qualquer uma que gostaria de participar de um relacionamento da maneira como prescrevia seu livro. Nem todas gostariam de um relacionamento em que se encontrariam apenas uma vez, um encontro reservado apenas para aquietar seus órgãos sexuais e depois nunca mais se ver. Talvez uma mulher comprometida aceitasse essas condições, mas achava errado, não gostava da idéia de estar sendo desleal com um desconhecido.

Outra solução seriam as prostitutas. Nunca esteve com uma, mas sabia que elas existiam e tinha ouvido falar de mulheres que trabalhavam como moças de programa. Quem sabe elas não serviriam para suas sextas-feiras.

Tudo tem uma solução (era seu 5º Mandamento).

Seguir o estilo de vida prescrito por sua Bíblia foi simples e sem traumas. Em pouco tempo tudo corria como se houvesse nascido para viver sempre daquela forma e tivesse descoberto em algum lugar mágico seu livro do destino.

Tudo funcionou às mil maravilhas, menos as mulheres. Era difícil um relacionamento relâmpago de apenas um encontro. Funcionava apenas com as casadas ou comprometidas, como tinha intuído. Para se manter fiel à sua solidão teria de recorrer às prostitutas.

Voltando do trabalho, passou em uma banca e comprou seu jornal preferido, separou os classificados e jogou fora o resto do jornal. Entrou no hotel e se esgueirou de maneira tão sorrateira pelos corredores que, se não visse o número, não teria percebido que estava em frente à porta de seu quarto.

O quarto era como todos os outros, mas seus objetos e pertences espalhados pelos móveis faziam a diferença. Como sempre, a cama toda desarrumada, a toalha molhada largada em qualquer canto e tudo que havia deixado fora do lugar estava arrumado, dobrado e passado. Como se alguns gnomos tivessem passado por ali e num passe de mágica deixado tudo em perfeita ordem. Mas não ele, não era desses idiotas que acreditam em gnomos.

Guardou sua maleta no armário, pendurou o terno no cabide e vestiu uma roupa confortável. Sentou-se na poltrona cujo forro não conseguia disfarçar as muitas bundas que já haviam forçado seu assento e que por isso mesmo tinha se tornado tão confortável.

Enfim começou. Abriu os classificados e procurou a seção "Acompanhantes e Massagens". Era a primeira vez que lia esses anúncios e, entre excitado e divertido, começou a marcar com lápis vermelho os que mais lhe chamavam a atenção.

Depois de ler várias vezes, já se sentia íntimo dos diferentes tipos de ofertas. Havia as que descreviam minuciosamente suas qualidades físicas e que pareciam sempre as mesmas: bunda arrebitada, pernas bem torneadas, seios firmes, coxas grossas, cabelo até a cintura, tipo mulherão. E finalmente havia as que tentavam mostrar uma certa sofisticação: universitária gostosa, morena culta, ruiva poliglota etc.

Recortou os anúncios que mais lhe atraíram. Colou-os em uma folha de papel à parte, para facilitar a consulta. O último anúncio que colou foi o que mais chamou a sua atenção. Todos eram calcados na fantasia, tentavam se descrever com o intuito de estimular o desejo no leitor. Nesse último havia alguma coisa diferente que lhe agradou, talvez justamente pelo texto ser um pouco seco.

Durante dias seguia sua rotina normal de vida, mas encaixava sempre um tempo extra para ler os classificados das acompanhantes. Já conhecia as mulheres dos anúncios pelo nome. Tudo nome falso, provavelmente. E lá estavam sempre as mesmas, algumas saíam alguns dias seguidos para sumir e voltar depois de algum tempo, outras só saíam nos fins de semana, e outras só de segunda a sexta. Algumas só aos domingos, outras nunca aos domingos. Começou a achar interessante esse mundo, percebeu que nomes diferentes tinham o mesmo telefone, provavelmente trabalhavam juntas, algumas só atendiam fora, outras no local.

Agora que já havia selecionado as que havia achado mais interessantes, precisava ligar e marcar o esperado encontro. Todas que separou atendiam em seu próprio apartamento, queria uma solução rápida. Pegou o telefone antigo e pesado do quarto e disparou as ligações. Do outro lado sempre atendia uma voz feminina mormacenta, às vezes até simpática. Depois de algumas ligações já havia descartado a maioria. Por último, ligou para Lílian, que se apresentava como "morena eficiente".

Havia vários anúncios de morenas, mas este lhe chamou a atenção, era a única eficiente. Ligou. Seu coração batia forte, como no tempo em que as florestas e o mundo eram infestados de lobisomens e mulas-sem-cabeça, até que um alô quente e simpático atendeu sua chamada. Perdeu a voz sem saber o que dizer, fez alguma pergunta idiota e só percebeu que estavam conversando quando ouviu um fim de frase que dizia ser uma mulher bem bonita. Sua voz e seu vocabulário eram simples, mas com alguma sofisticação, e riu quando ele falou uma bobagem. Gostou dela, combinou que na próxima semana iria ligar e marcar alguma coisa.

Durante toda a semana, sempre que procurava nos classificados lá estava o anúncio de Lílian.

Como seria ela? Nunca havia saído com uma mulher de programa nem ido para a cama com uma mulher que jamais tinha visto mais gorda — será que era mais para gorda ou para magra? Estava também com muito medo, tinha medo de ser assaltado, da violência, e tinha muito, mas muito mesmo, medo de doenças. Era um perigo real.

Outro medo que ele tinha era de pegar pela frente uma mulher mal-humorada e nervosa. Detestava as pessoas mal-humoradas e talvez mais ainda as nervosas.

A semana passou normal e tranqüila. Seguia sua Bíblia com a maior seriedade. Segunda-feira fez *jogging*, ouviu *Carmina Burana*, na terça-feira comprou um disco antigo do Police que procurava havia muito tempo. Na quarta-feira viu um filme de que não gostou, coisa que era muito comum hoje em dia. Quinta-feira trabalhou muito e acabou vários relatórios que não andavam. À noite saiu com um amigo feito no hotel. Era de Lambari e gostava de selos e cartas, além de conhecer profundamente a história dos correios, do tempo que o correio era feito a cavalo, de como eram feitas as viagens do Rio de Janeiro até São Paulo, quanto tempo levava uma carta para chegar de uma cidade a outra... ficou sabendo que as cidades do vale do Paraíba têm aproximadamente a mesma distância uma da outra porque eram as pousadas dos cavaleiros durante a viagem. Quando a noite estava se acabando, lembrou-se que sexta seria o grande dia.

Acordou cedo, andou um pouco pelo quarto e percebeu que estava nervoso. Tomou café com certa dificuldade: o frio no estômago lhe tirava o apetite.

Saiu para trabalhar. Passou na banca como sempre fazia e comprou o jornal, conferiu os classificados, Lílian continuava lá. Trabalhou bastante. No almoço comeu um sanduíche e às cinco já estava no elevador. Recusou alguns convites para o chope da sexta-feira e rumou rápido para o hotel.

Tomou banho, fez a barba, escolheu uma roupa bonita. Vestiu-se e estava pronto, pronto como esteve no encontro com sua primeira namorada. Anotou o número do classificado e ligou. Uma voz quente de mulher atendeu-o e fingiu lembrar-se de que haviam combinado se encontrar, conversaram um pouco e finalmente ela deu seu endereço.

Ele foi. Nervoso dentro do táxi, pensou várias vezes em desistir, mas a atração era maior. Principalmente porque queria ver o rosto desconhecido da mulher com quem havia marcado o encontro. Seu medo tinha motivos, ele realmente estava correndo riscos. Mas continuou. Uma estranha força o impedia de desistir, parecia que a mesma força que o sugava para perto do lampião da cozinha nas noites escuras de sua infância agora o guiava para o endereço que tinha anotado.

Acalmou-se um pouco quando tocou a campainha da portaria: o prédio era como qualquer outro de Ipanema, olhando superficialmente não havia nada de assustador com sua aparência.

Apresentou-se pelo interfone da portaria, a porta abriu-se. Entraram junto com ele uma senhora que pelas bolsas voltava das compras e um adolescente que devia voltar da aula. Era um prédio comum. Cada um desceu do elevador em seu andar.

Ele no seu. Mais uma campainha, desta vez a do apartamento. Atendeu-o uma mulher bonita como as muitas que há em Ipanema. Um pouco vulgar, mas bonita, simpática, e que queria agradá-lo de uma maneira exagerada. Entrou. Examinou o apartamento, nada chamou a sua atenção a não ser o fato de nada haver para chamar a sua atenção. Era uma casa como as outras, não fossem as pesadas cortinas que bloqueavam totalmente a luz e a janela. De diferente havia apenas o ar, um ar espesso, que misturava perfume e desodorante de ambiente.

Conversaram, ela trouxe uma cerveja e riu das bobagens que falaram. Gostou dela e em pouco tempo sentiu-se seguro em sua presença. Ela era bonita e apetitosa. Tudo acabou de uma maneira bem eficiente, como prometia o anúncio. Talvez um pouco rápido demais para seu gosto. Mas não achou mal, repetiram mais uma vez e consideraram terminado. Enquanto ele tirava a camisinha e ela se lavava, conversaram mais um pouco.

Estava surpreso: ela era agradável. Pagou, despediu-se e gostou bastante dos dois beijinhos que ganhou no rosto.

Tinha sobrevivido. Caminhava atento, era noite e podia ser necessário trocar de calçada rapidamente no caso de pressentir algum assalto. Por sorte conseguiu rapidamente um táxi para levá-lo de volta ao hotel. A sexta-feira havia acabado.

Dormiu bem. Acordou lembrando da noite anterior. Fazia tempo que não saía com uma mulher. Havia sido um pouco frio e profissional, mas bastante bom. Agora sua rotina estava funcionando, estava leve e fácil viver. Abriu seu livro ainda com sono.

Tinha feito dele um objeto bonito. Depois do texto finalizado, havia levado sua Bíblia para uma antiga tipografia e contratado os serviços da empresa para transformar aqueles manuscritos em um livro de verdade. Queria apenas três exemplares. Escolheu um papel antigo, um pouco amarelado, e fez questão de uma capa de couro com letras gravadas a ouro. O livro deveria ficar com um aspecto nobre para transmitir a autoridade que toda Bíblia transmite. Saiu caro, mas valeu a pena.

O encontro da noite anterior marcou forte sua alma. De acordo com seu livro de procedimentos um item não deveria ter importância muito maior que outro. Folheou-o, escolhendo alguns trechos ao acaso. Sentiu-se exatamente de acordo com o que sua Bíblia o orientava a sentir-se. Pensou em Lílian não mais como uma obsessão, mas como uma boa lembrança. Folheou o livro um pouco mais e procurou o item Sábado.

Era dia de passear pela cidade. Faria um passeio que estava planejando havia muito tempo. Iria a Barra de Guaratiba. Quase uma viagem, pegaria um frescão no Terminal Menezes Cortes, o ônibus em seu ponto de partida para escolher um bom lugar para se sentar. Em Barra de Guaratiba escolheria um restaurante de peixe, havia muitos por lá. Ficou surpreso com sua nova capacidade de decidir coisas.

Antes de entrar no ônibus comprou o jornal, sentou-se em uma poltrona na janela no meio do ônibus. Abriu o jornal e imediatamente conferiu o anúncio de

Lílian. Ele estava no lugar de sempre. O fato de saber que o anúncio seria sempre publicado naquele jornal dava-lhe a certeza de que a vida era viável. Abandonou o jornal na poltrona ao lado sem ler.

O ônibus começou a rolar suavemente pelo centro vazio da cidade de sábado. Depois do Centro, Flamengo, Botafogo e Copacabana. Logo estava em Ipanema. "O Rio de Janeiro é com certeza a cidade mais bonita que conheço", pensou. Bela, violenta e perigosa. Não é uma cidade para ser vivida de maneira distraída.

Logo havia abandonado a monótona Barra da Tijuca e o Recreio dos Bandeirantes e estava no trecho de que mais gostava: a serrinha que existe antes de chegar a Guaratiba.

O ônibus encostou no ponto final em Barra de Guaratiba. Todos desceram. Apesar de estar ainda no Rio de Janeiro, parecia que havia chegado a uma pequena cidade do interior. Passeou pelas ruas, observando as pessoas, suas casas, entrou em uma padaria para ver o que se vendia, como se estivesse em um país estranho.

Na praia estava saindo um barco para estender sua rede ao mar. Passeou um pouco pela areia, cheia de pequenos barcos e de restos de peixe. O cheiro o levou a procurar uma peixaria.

Informou-se aqui e ali e achou uma. Devia ter acabado de chegar um barco. A peixaria estava cheia de peixes frescos. Havia badejos, cavalas, linguados, chernes, camarões, muitos polvos e uma enorme garoupa com uma boca grande aberta. A cabeça de uma garoupa sempre o empolgava. Sentiu fome e achou que o peixeiro poderia dar uma boa indicação de onde comer um bom peixe.

O restaurante indicado lhe serviu uma garoupa como havia muito não comia. Assada e servida com uma farofa de frutos do mar. Uma combinação estranha, mas que havia funcionado muito bem. Era um restaurante simples, mas que merecia ser visitado apenas por causa daquela garoupa.

Procurou uma sombra para fazer a digestão, sentou-se ao pé de uma amendoeira e procurou o horizonte para acompanhar as marolas e o balanço dos barcos de pesca. Lembrou-se de Lílian, havia gostado da eficiência dela.

Envolveu-se em pensamentos sem perceber o tempo. Quando um ruído trouxe-o de novo à realidade, viu que era hora de correr até o ônibus, para a viagem de volta. Já havia se formado uma fila. Conseguiu uma poltrona no meio, do lado do corredor. Foi uma volta agradável, apesar do ônibus cheio. Já era noite quando desceu na praia do Flamengo, perto do seu hotel.

Tomou um banho e ficou ouvindo música até a hora de dormir. Dormiu sem jantar; havia comido demais no almoço e gostava de acordar com bastante fome para aproveitar ao máximo o café da manhã do hotel, que aos domingos era caprichado.

Acordou cedo, com calor. Vestiu uma roupa leve e foi ao café. Domingo era dia de praia e de ser solidário, de auxiliar pessoas que necessitam de ajuda. Havia definido que todo domingo de sua vida seria dedicado a ajudar o próximo. Tentar ajudar quem estivesse se afundando em sua miséria. Ajudar almas atormentadas.

No início havia pensado em visitar orfanatos, hospitais, ou famílias pobres, mas chegou à conclusão de que nesses casos melhor seria contribuir com dinheiro. Queria uma tarefa que implicasse um envolvimento maior.

Entre as várias possibilidades que se apresentaram, a que lhe pareceu melhor foi a de se oferecer como voluntário no Serviço de Apoio à Vida. Aos domingos uma pessoa deprimida pode ser tentada facilmente a cometer suicídio, achava. Procurou o escritório do Serviço de Apoio à Vida e se ofereceu como voluntário para trabalhar nas tardes de domingo.

Foi aceito sem problemas. Passou por um pequeno treinamento e logo foi considerado apto.

Seu primeiro dia passou rápido. De manhã foi à praia e à tarde ocupou seu posto. Teve uma tarde repleta de conversas dramáticas. Pessoas desesperadas, algumas com as emoções totalmente descontroladas, outras com as emoções completamente controladas. Conversou sempre com a preocupação de distribuir otimismo e esperança. A despedida de cada ligação, apesar de carregada de emoção, ocorreu sempre bem. Mas de duas ligações ele não iria mais se esquecer. Uma de um sujeito estranho ligado em peixes e lambaris e outra de um homem que reclamava que o tempo para ele corria diferente do que corre para as outras pessoas. Os dois reclamavam que estavam cansados, mas o que tinha problemas com o tempo parecia em pior situação. Ele reclamava que, apesar de jovem, estava de tal forma idoso que não agüentava mais a vida. O dos peixes ele tinha certeza de que não iria se suicidar, já quanto ao sujeito da jovem velhice não tinha muita certeza.

Quando deu pela coisa seu turno havia acabado e já entrara pela portaria do hotel. Seu coração estava pulsando com energia, sentia o sangue percorrer quente e viscoso todo o seu organismo e voltar forte para ser bombeado de novo. Uma sensação física parecida com a que experimentou quando voltou do primeiro encontro com Lílian. O dia valeu a pena. Apesar das bobagens que havia dito, suas palavras tinham surtido efeito e auxiliado pessoas em desespero.

Tudo estava correndo como a sua Bíblia previa. Sua vida estava fácil. De segunda a domingo, de janeiro a dezembro.

O único problema era a sua obsessão com Lílian. Assim que pegava o jornal, procurava imediatamente os anúncios de garotas de programa e tentava localizar ansioso o de Lílian. Toda sexta ele ligava e marcava um encontro. Já não eram mais estranhos. Com o tempo, passaram a ter até uma certa intimidade. E ele sonhava com os encontros não mais apenas para o sexo, mas para contar as novidades da semana, coisas que achava que ela gostaria de ouvir. E gostava também das histórias de Lílian.

Na última vez que estiveram juntos, Lílian sentou-se de cócoras sobre seu pênis e, enquanto era lentamente penetrada, iniciou uma comprida história:

Havia muito tempo tinha sido doméstica. Trabalhou muito em muitas casas, até conseguir um emprego em um bairro bastante elegante, em um prédio onde só morava gente elegante. Ficou muitos anos nesse emprego. Seu patrão, poucas vezes viu, trabalhava muito e estava sempre viajando, os filhos já eram grandes e não moravam mais com os pais. O problema era a patroa.

No início gostou muito dela, estava sempre comprando roupas novas, perfumes e sabonetes. Lílian era provavelmente a empregada mais cheirosa e bem-vestida do Rio de Janeiro. Infelizmente sua patroa tinha um sério defeito. Tinha uma mania de limpeza e organização exagerada, que deixava qualquer um doido. Mania talvez seja uma palavra um pouco branda para descrever a total obsessão que tinha com ordem, esquemas e higiene. Era uma mulher de seus cinqüenta anos e muito bonita, uma boa pessoa, tratava todos à sua volta bastante bem. Todos recebiam ótimos salários e eram tratados com muita educação e respeito. Mas tudo desandava quando achava algum objeto da cozinha fora de seu lugar preciso. Não admitia. E, se pudesse, aniquilaria de imediato o responsável com um só golpe certeiro. Tornava-se então extremamente desagradável e tentava destruir, com as palavras mais ácidas, o responsável pelo erro. Achava que só os medíocres não guardam um objeto no lugar exato de onde o tiraram.

Enquanto subia e descia sobre o pênis que estava em suas entranhas, Lílian continuava a contar a história:

Assim que começou a trabalhar no novo emprego, recebeu instruções minuciosas sobre a localização exata de cada panela, cada faca, cada frigideira. Foi um treinamento que durou dias, em que aprendeu o lugar correto da escumadeira, da colher de pau, do coador. A única maneira de todos sempre acharem o que estavam procurando, explicava todo dia sua patroa, era tudo estar em seu lugar.

Explicou também que além de os objetos terem seus lugares certos, era necessário que a cozinha tivesse um esquema correto de funcionamento. Era comum sua patroa voltar de uma festa e ainda verificar se as panelas, os talheres e pratos estavam nos lugares corretos.

O pior é que utilizava todos os recursos para que Lílian também agisse da mesma forma. Principalmente queria que Lílian também perdesse completamente o senso quando alguma coisa estivesse fora de seu lugar. Queria que ficassem iguais. Queria que Lílian se tornasse uma discípula de sua metodologia. Na sua opinião o mundo podia acabar, mas, se sua cozinha estivesse em ordem, o mundo acabaria bem.

Depois de alguns anos Lílian começou a sentir pequenos tremores quando achava uma chaleira fora do lugar e muitas vezes sentiu a pele se arrepiar porque algum garfo estava misturado com as colheres. Quando começou a reagir de maneira mais efetiva e teve a primeira convulsão, com a língua enrolada e tudo, parece que a patroa considerou então sua obra encerrada e Lílian pronta para espalhar seu estilo de administrar cozinhas pelo mundo afora. Alguma coisa aconteceu que Lílian não pôde entender. Sua presença passou a incomodar muito sua patroa, que a demitiu como se nunca a tivesse conhecido, concluiu Lílian, enquanto absolvia o pênis que tivera até agora acolhido.

A história o comoveu. Gostou ainda mais de Lílian. Amou-a porque ela contou-lhe essa história, e mais ainda pela maneira como ela a contou. Despediu-se de Lílian com bastante relutância com dois beijos na face, como sempre faziam.

Assim que saiu do prédio entrou em um restaurante que ficava ao lado. Pediu um chope, não estava bem. Era a primeira vez que estava triste por estar sozinho. No momento não estava fácil viver. Tomou mais alguns copos e voltou ao hotel. As coisas não estavam exatamente como em seus planos.

No dia seguinte, no sábado, abriu o jornal e foi rápido à seção de classificados como sempre fazia. Alguma coisa havia acontecido, na seção de massagistas não estava o nome de Lílian. Devia ser algum erro, seguiria normalmente sua rotina, provavelmente no domingo estaria tudo resolvido. Mas no domingo, de novo, nada. Ela havia sumido. Lílian não existia mais. Sua rotina se destruiu.

Tentou fazer tudo que sua Bíblia mandava. Buscou seguir a rotina, mas não funcionou; a única coisa que conseguia fazer era procurar desesperado o seu conhecido anúncio. Leu os classificados do jornal o dia inteiro, apenas para certificar-se mais uma vez de que o anúncio de Lílian não existia mais. Foi ao prédio onde ela o atendia. Procurou um porteiro, apesar de saber que o prédio não tinha um. Tocou o interfone que sempre usava para se anunciar. Atendeu-o uma senhora, que disse sempre ter morado naquele endereço; havia viajado e alugado o apartamento por temporada para um senhor, nunca havia morado ali uma moça chamada Lílian.

Estava sem pistas. Não veria Lílian de novo. Ia ser difícil, mas precisava esquecer tudo isso. Quem sabe não seria este o momento de diversificar. Por segurança, tinha decidido sempre se encontrar com a mesma mulher. Achava que nesse caso, pelo tipo de relacionamento, não haveria problema de envolvimento. Vai ver que este havia sido o seu erro.

Precisava descobrir uma outra mulher para substituir Lílian.

Parecia simples, era só corrigir a direção. Mas seu coração e seu estômago ardiam. Sentiria muita falta de Lílian. Da maneira como realizava a cópula e, principalmente, de suas histórias enquanto a cópula se desenrolava. As histórias fariam muita falta.

Uma noite em seu hotel reparou que sempre, em suas leituras em busca do anúncio de Lílian, parava invariavelmente em um anúncio, achando tê-la encontrado, mas logo percebia o engano. Era outro nome, outro texto e outro telefone. Mas todo dia, ao ler o jornal, sua leitura sempre se interrompia nesse mesmo anúncio.

Havia alguma coisa com ele. Resolveu ligar. Ligou. Mírian era o nome. Do outro lado atendeu uma voz rouca. Mírian não era ela, o telefone passou de mão e Mírian atendeu, Mírian era Lílian, que ficou tão surpresa como ele.

Não era sexta-feira, logo não era dia programado para sexo, mas achou que nesse caso pouco interessava, marcou imediatamente um encontro. Que tudo o mais vá para o inferno, como às vezes sugeria sua Bíblia. Às vezes.

Anotou o endereço, ela agora estava em Copacabana. O prédio continuava sendo um prédio residencial. Um pouco mais descuidado que o anterior, mas bastante familiar. Tocou o interfone, a porta da portaria se abriu e imediatamente ele estava dentro do elevador. Junto estava um casal de mais idade que falava de problemas com netos. Desceu no quarto andar, enquanto o casal e a discussão sobre netos continuavam para um andar mais alto. Pensou em como eles reagiriam se soubessem que em um apartamento daquele prédio havia uma mulher que transava profissionalmente. E como reagiriam se soubessem que ele estava indo para lá justamente com esse propósito. Provavelmente um dia deveriam descobrir o entra-e-sai de homens no apartamento. Um dia isso chamaria a atenção. E provavelmente daria uma confusão danada.

Perdido em suas considerações, tocou a campainha. Lílian, que agora era Mírian, atendeu. Parecia um milagre, como se ela tivesse ressuscitado. Durante muito tempo achou que nunca mais a veria. Não sabia o que dizer. Queria saber por que havia se mudado. Por que havia sumido. Por que não havia avisado do seu novo endereço. Estava atônito e buscava uma resposta.

Não havia acontecido nada de especial. Apenas o contrato do outro apartamento havia vencido. Era sempre assim, explicou Lílian. Alugava apartamentos por temporada, uns poucos meses, e depois se mudava. Mudava então seu nome e começava tudo do zero. Começava tudo de novo. Novo endereço, novo nome, novos clientes. Tinha medo de ficar visada. E, por questão de segurança, de tempos em tempos achava melhor mudar tudo. Corria riscos, tinha uma vida perigosa, não sabia que tipo de pessoas freqüentava sua casa e precisava se precaver, estar sempre atenta. Era a única pessoa responsável por sua segurança. Sabia que corria muitos riscos e que ali em sua casa as pessoas liberavam seu lado sórdido com muita facilidade. Era perigoso.

Conversaram durante muito tempo. Muito tempo mesmo. Ela lhe explicou como era sua nova vida e de como estava feliz por ele a ter achado. Contou da amiga que dividia o apartamento e falou também com muita alegria do banheiro, que tinha um ótimo boxe e excelente ducha, detalhe que para sua profissão era superimportante.

Conversaram mais um pouco, quando bateram de leve na porta — era sua amiga avisando que chegaria um cliente e que ela precisava do quarto. Os dois inauguraram o boxe do banheiro com uma fortíssima ducha, ensaboaram-se ligeiro e saíram rápido para não criar embaraços à amiga.

Lílian tratou-o de uma maneira especial e fez

questão de demonstrar que havia ficado muito emocionada pelo fato de ele a ter descoberto entre os vários anúncios. Isso nunca havia acontecido com nenhum cliente antes.

Explicou que outras vezes desapareceria para reencarnar em outro nome. Mas tinha certeza de que ele a descobriria novamente. Da mesma forma como os monges do Tibete sempre descobriam em qual criança o Buda ressuscitava depois de morto. Tinha certeza, ele a acharia, tinha certeza. Marcaram o encontro de sexta-feira e se despediram.

Alguma coisa estava errada, pensava, enquanto o táxi o levava ao escritório. Ele tinha sua Bíblia, vivia de acordo com ela, mas estava com um problema: desde que Lílian sumiu estava sempre envolvido com alguma fantasia. Não era para ser assim. Em tudo que fazia, sua cabeça estava sempre em Lílian e nas suas histórias. Não era para ser assim.

Em sua Bíblia havia uma seção de ajuda, com um capítulo dedicado a que fazer quando dá tudo errado. De noite, quando chegasse em casa, iria ler.

No hotel, depois de todo o ritual de cumprimentar o porteiro, saber se havia recados etc., abriu a porta de seu quarto e pensou na arrumadeira que sempre deixava tudo em ordem. Uma rotina que, quando veio morar no hotel, o havia empolgado, mas agora era apenas isto: uma rotina. Seu estado de espírito não era dos melhores. Sentou-se na poltrona amassada pelos milhões de bundas que já haviam nela sentado, pegou sua Bíblia e começou a ler o capítulo Ajuda, seção Procedimentos, versículo "Quando Dá Tudo Errado". Eram apenas três páginas e a primeira instrução o deixou muito intrigado, pois não se lembrava absolutamente de ter escrito tal coisa.

A primeira instrução, e que dizia ser a mais importante, pedia que o texto fosse lido em voz sussurrada, forçando um tom grave, ininterruptamente, durante trinta minutos, voltando sempre ao início do texto quando terminasse.

Assim o fez. No começo prestava atenção ao sentido do que estava lendo, mas depois da vigésima leitura o sentido do texto não tinha mais importância, o que importava era o som de sua própria voz, o som de sua respiração e as pausas nos pontos e nas vírgulas. Depois de algum tempo o texto se resumia apenas a pontos, vírgulas e tomadas de ar para a próxima frase.

Após alguns minutos de leitura, estava tão oxigenado com a respiração que a leitura impunha (as frases tinham um tamanho certo e a vírgula sempre aparecia quando necessitava fazer uma profunda tomada de ar) que, quando o alarme de seu relógio o avisou do fim dos trinta minutos, ele estava quase eufórico. De bem com a vida novamente.

Guardou o livro, impressionado. Tinha criado uma obra poderosa. Nunca pensou que tivesse talento para escrever um livro capaz de ajudá-lo de tal maneira. Mas teve; tanto que esse pensamento, e todo e qualquer pensamento, não encontrava espaço em sua cabeça naquele momento. Estava bem demais para ter pensamentos dentro de sua cabeça.

Precisava de música. Pegou um CD. Era um *rock* dos anos 1980, som extremamente enxuto, baixo, guitarra e bateria. Com o *headphone* podia ouvir o som estupidamente alto sem incomodar os vizinhos.

Ouviu muitos CDs. Dormiu tranqüilo e acordou ainda mais tranqüilo. Tudo havia voltado ao normal.

Dia após dia seguia sua Bíblia religiosamente.

Finalmente havia chegado o dia de seu encontro com Lílian, que agora era Mírian. Queria levar um presente. Uma vez ela havia comentado que morria de vergonha quando entregava o texto dos anúncios que publicava todo dia nos jornais. Tinha medo de cometer erros de português e não queria passar por ignorante.

Achou que um dicionário seria um belo presente. E acertou. Entregou o pesado pacote embrulhado, aguardando ansioso a reação que provocaria em Lílian. Adivinhou que havia acertado na escolha pela expressão dela. Ela entendeu imediatamente por que recebia aquele presente. Estava agradecida pelo dicionário, mas principalmente pela atenção que ele demonstrou ter às suas palavras.

Ela contou novas histórias e repetiu pela milionésima vez a história com a antiga patroa, que fazia sempre grande sucesso.

Tudo corria muito bem apesar da angústia pela incerteza que sentia ao abrir o jornal. A tranqüilidade que pensou ter conquistado, pelo fato de achar que o anúncio de Lílian estaria sempre no jornal, não existia mais. Agora havia o medo de que ele não estivesse mais. E se, ao contrário do que Lílian havia dito, ele não conseguisse descobri-la no meio da montanha de anúncios de moças se oferecendo? Sabia que agora podia contar com sua Bíblia, para casos de quando tudo dá errado, mas não queria passar por tudo aquilo de novo.

Numa segunda-feira, quando já havia quase se convencido de que Lílian não iria mais desaparecer, comprou o jornal. Como sempre fazia, antes de qualquer leitura, abria a página de classificados e procurava sofregamente certificar-se da presença do anúncio de Lílian.

Procurou em todas as páginas, e nada. Tinha anúncio de todo tipo, leu um por um. Mulherão gostosa, mulher de seios grandes, seios pequenos, bunda arrebitada, cintura fina, bunda grande, coxas grossas, gordas, magras, jovens, balzaquianas, loiras, morenas, mulatas, negras, japonesas, tinha de tudo. Parecia a matéria-prima para se formar a maior suruba da galáxia. Mas Lílian não estava lá. Ligou para o telefone que havia decorado pelo uso e apenas confirmou. Atenderam e disseram nunca ter ouvido falar de Mírian, que havia sido até agora o novo nome de Lílian.

Precisou de novo usar a Bíblia. Procurou o item "Quando Dá Tudo Errado" e começou a sua leitura, que funcionou perfeitamente como da outra vez. Acalmou-se. Mudou de roupa e foi trabalhar, como se nada houvesse acontecido.

No metrô, ia concordando mentalmente com o que havia dito Lílian: iria achá-la de novo. Ele estava tão confiante que dificilmente poderia estar errado. Bastava comprar os jornais todos os dias e ler os classificados das moças que se ofereciam. Eliminaria logo os anúncios com erros de português, que não eram poucos — ela jamais publicaria um texto com erros. Depois era só ficar lendo distraidamente várias vezes todos os anúncios até perceber qual lhe chamaria mais a atenção. Seria esse com certeza.

E assim fez. Toda noite lia os anúncios das moças de programa, sem parar, tentando descobrir qual seria o anúncio de Lílian. Não sabia qual seria, mas sabia que o anúncio procurado estava entre eles.

Como previu, havia um que ele sempre parava para reler. A velocidade de leitura diminuía nesse anúncio, que tinha um texto um pouco maior do que os outros. A moça chamava-se Sandra. Procurou então os outros dois anúncios anteriores de Lílian.

Comparou os três anúncios e percebeu que tinham mais ou menos o mesmo tamanho. Todos misturavam palavras pouco comuns com outras extremamente comuns. Mas uma característica não deixava a menor dúvida de terem sido escritos pela mesma pessoa. A mesma certeza que um *expertise* tem quando autentica uma obra não assinada do pintor no qual é especialista.

Em todos os anúncios havia letras maiúsculas de modo aleatório. Sem nenhuma razão aparente algumas palavras iniciavam em maiúscula. Ligou para Sandra sem a menor dúvida de que Lílian atenderia do outro lado da linha.

E assim foi, Lílian, que já foi Mírian e agora era Sandra, atendeu e comentou que tinha certeza de que ele a acharia. Marcaram para sexta-feira, o dia deles. Na hora de sempre.

Depois de pousar o telefone no gancho, mais tranqüilo, sentiu uma curiosidade imensa tomar conta de sua alma. Ficou intrigado. Por que ela escrevia dessa forma? Sabia que Lílian tinha grande preocupação em utilizar o português de maneira correta. Por que as maiúsculas aparecem de maneira errática? Ficou com a cabeça cheia de questões. Resolveu passar o texto para uma folha em branco, fora do contexto dos classificados.

E começou. Logo percebeu que não era por acaso que a maioria das palavras começava em maiúsculas. Achou que teria alguma dica se escrevesse apenas as letras maiúsculas em seqüência.

Realmente este era o segredo. Havia se formado uma frase e lá estava: APAIXONEIMEADEUS.

Por quem ela estaria apaixonada? Será que nunca mais iria vê-la? Para quem seria a despedida? O que seria de sua vida agora, se nunca mais pudesse encontrar Lílian?

Precisou de novo recorrer à sua Bíblia em "Quando Dá Tudo Errado". Como sempre, funcionou. Ficou bem, sua angústia desanuviou-se.

Acalmou-se tanto que ficou surpreso por não ter

reparado que a arrumadeira trocara a poltrona de lugar. Que a cama estava com colcha nova. Sentou-se na cama para sentir o efeito da colcha nova, mas levantou-se imediatamente, curioso em descobrir quais eram os outros recados que os dois anúncios anteriores formavam. O primeiro ameaçava: TUDOVAIMUDAR.

O segundo avisava: ACABOU.

Podia deixar os pensamentos em ordem. Aqueles recados com certeza eram para outra pessoa e logo provavelmente o adeus também seria. Mas ficou assustado. Será que Lílian estava envolvida com algum grupo criminoso?

Ligou de novo para Lílian, que havia sido Mírian e agora era Sandra. Nunca havia feito isso, ligar por ligar. O encontro já havia sido marcado. Não havia motivo para nova ligação.

Sim. Lílian confirmou que estaria esperando por ele. Deu a entender que sua amiga estava viajando e que ele poderia ficar por mais tempo.

No dia esperado, vestiu uma roupa diferente dos ternos que sempre usava. O dia passou rápido enquanto analisou sua planilha e estudou maneiras de tornar aquelas propostas mais lucrativas para a empresa. Adorava mexer com planilhas e ver como um simples dado novo mudava todo o resultado, como se fosse um jogo e o tabuleiro a tela de seu micro.

Arrumou sua mesa. Fim de expediente, despediu-se dos colegas e tomou o endereço que Lílian lhe dera. Novamente em Ipanema, ficava na rua Visconde de Pirajá, quase esquina com Joana Angélica.

O prédio era melhor do que os anteriores, apesar de ser do estilo mármore com alumínio, de que não gostava. Ela o atendeu de calça comprida e camiseta. Diferente das roupas extravagantes que sempre usava.

Quis comentar alguma coisa sobre a roupa, mas estava tão ansioso por uma explicação que antes de a porta se abrir completamente já estava interpelando Lílian sobre os anúncios e sua estranhas mensagens.

Ele ansiava por uma explicação, ela também ansiava por explicar-se. Tinha uma longa história para contar. Uma longa explicação.

Em sua vida as coisas aconteceram sempre como se não existisse possibilidade de escolha, como se não fosse possível interferir nos rumos que a vida ia tomando.

Nunca pensou em tornar-se prostituta. Pelo contrário, apesar de sempre ter lhe agradado a sensação de poder que sentia quando um homem a desejava e de achar que os homens deveriam estar sempre com o pênis ereto.

Começou a vida profissional como empregada doméstica. Trabalhou muito e sempre com bastante empenho.

Até que teve uma patroa que a tratava muito bem, mas exigia perfeição, era extremamente obsessiva e transmitiu essa obsessão para Lílian.

Mas Lílian foi além. Passou a exigir que sua patroa a cobrasse cada vez mais na busca da perfeição. Com o passar do tempo a cobrança passou a ser insuficiente. Lílian queria ser cada vez mais cobrada.

No início funcionou, mas a necessidade insaciável de Lílian chegar à perfeição rompeu o equilíbrio. A patroa não suportou a pressão e demitiu-a.

Sua vida desmoronou, o mundo ficou pelo avesso. Até que um dia, como um palpite de loteria, ela teve uma boa idéia. E a colocou em prática.

Abriu um centro de treinamento para domésticas. Em um pequeno sobradinho em São Cristóvão, selecionou um grupo de moças humildes como ela e as treinou de maneira tão perfeita e obsessiva que em pouco tempo se tornaram excelentes profissionais e logo estavam todas bem empregadas.

Administrou essa equipe com muita eficiência. Além de treiná-las, conseguia sempre uma boa colocação no mercado para todas. Em pagamento pelo treinamento que haviam recebido, todas concordaram, por contrato, a dar uma pequena porcentagem de seus salários para Lílian. Um pouco de cada, mas, à medida que o número de moças empregadas aumentava, passou a ganhar um bom dinheiro.

O projeto funcionava às mil maravilhas. Ela se tornava cada vez mais obsessiva, suas discípulas eram réplicas de sua obsessão e sempre bastante disputadas pelo mercado. Havia uma fila de boas colocações e bons salários esperando por suas discípulas.

Um dia Lílian conheceu um homem que lhe pareceu perfeito. Atencioso, simpático e alegre. Conhecia administração muito bem e a ajudou bastante na consolidação de sua empresa. Casaram-se e tiveram uma vida rumo à perfeição.

Provavelmente teriam atingido a perfeição se em um certo dia, numa rua, não tivessem enfiado nas mãos de Lílian um cartão de uma nova religião.

Lílian passou a freqüentar os cultos com certa assiduidade. Era uma religião parecida com todas as outras, mas havia algumas diferenças. Durante os cultos muitos tinham visões sobre os reais sentimentos das pessoas que nos cercam. Visões sobre os reais sentimentos das pessoas próximas. Tinha-se então acesso aos sentimentos escondidos nas mais secretas e ocultas dobras de suas almas.

Seu marido era admirado e considerado uma pessoa exemplar. Era apontado por todos como exemplo do marido ideal. Carinhoso, afetuoso e amoroso. Melhor impossível, e no início foi o que Lílian também achou.

Ele realizava todas as suas vontades e a tratava com grande respeito. Mas ela descobriu nos cultos os reais sentimentos de seu esposo e ficou horrorizada. Seu marido tinha escondido em seu íntimo sentimentos tenebrosos. Era uma pessoa completamente diferente do que disfarçava ser. Descobriu um ser asqueroso e capaz dos piores atos. Violento, perigoso, covarde e mesquinho.

Tinha gestos nobres, mas apenas para ocultar o ser escabroso que era. Uma podridão de caráter tão bem escondida que só veio à tona graças às visões de Lílian. Não fossem elas, a vida teria passado e nunca descobriria a verdadeira personalidade de seu marido.

Ele era o oposto de tudo que havia imaginado.

Detestou ter sido enganada. E por tanto tempo.

Quanto mais seu marido negava espantado as acusações e as julgava estapafúrdias, mais Lílian sentia ódio por seu caráter mentiroso. Quanto mais seu marido se defendia, mais segura Lílian ficava de que ele escondia sentimentos inconfessáveis.

A separação era inevitável.

Nessa época, um dia, seu telefone saiu por engano na seção de massagistas de um jornal. Seu telefone tocou muito e do outro lado sempre alguma voz ansiosa e nervosa perguntava quanto era o atendimento. No começo não estava entendendo, e quando finalmente entendeu ficou furiosa. Nas primeiras ligações reagiu com ferocidade, explicando o engano. Nas seguintes, com indignação. Depois da vigésima ligação apenas resistiu. Até que, sem saber por quê, concordou; sim, era ela.

Marcou o encontro em um hotel perto, ali mesmo em Copacabana, que o sujeito conhecia. Se encontraram, o homem pagou por seus serviços e Lílian voltou para casa.

O telefone continuou tocando e Lílian atendeu todos. Um a um, ela levou todos ao tal hotel que conhecera.

O telefone saiu por engano também no dia seguinte, e Lílian atendeu novamente todos. Quando o anúncio parou de sair, Lílian procurou uma agência de classificados do jornal que o publicava e veiculou o seu. Inventou um texto parecido com o anterior, comprou um bom estoque de camisinhas e esperou o dia seguinte.

O telefone tocou bastante e Lílian saciou todos que a procuraram. Fez coisas que jamais pensou que faria. No fim da noite, apesar da dormência nos braços, pernas, boca, e ardência nas entranhas, sentia uma agradável sensação de dever cumprido. Estava quite. Sentia a sensação agradável de não dever nada a ninguém. Se a queriam, ficaram satisfeitos.

Explicou para seu marido que não conseguiria mais conviver com ele. Não admitia conviver com uma pessoa que tinha o desprezível hábito de esconder seus sentimentos.

Desapareceria no mundo. Não queria vê-lo nunca mais. Iria se desfazer de tudo e de todos, começar uma vida nova, completamente diferente.

Quanto mais Lílian explicava, menos o marido entendia. Mas teve o bom senso de perceber que era sério. Pela indignação de Lílian, ele devia ter feito alguma coisa muito errada.

Em seu desespero, pedia a Lílian que o ajudasse. Que o ajudasse a evitar que ele se tornasse o ser hediondo que escondia ser. Tinha medo de tornar-se esse crápula, achava que, se nunca mais visse Lílian, a terrível previsão se concretizaria. Talvez realmente existisse um assassino escondido em sua alma, que só Lílian enxergava. Lílian não podia abandoná-lo, ele dependia dela para que sua vida continuasse nos trilhos, como sempre imaginou que seria.

Não interessava como, mas queria, de qualquer forma, que existisse algum contato, mesmo que nunca mais se vissem.

Suplicou e usou todos os recursos dos desesperados, até que Lílian considerou uma possibilidade, mas que vetava totalmente a hipótese de um encontro.

Desenvolveram então a estratégia dos anúncios que Lílian iria veicular.

Através dos anúncios enviaria sempre uma mensagem para que seu ex-marido acompanhasse sua trajetória e soubesse onde ela estava. Iria utilizar várias letras em maiúscula no texto do anúncio, que isoladas na seqüência formariam novas palavras com informações sobre sua vida.

Ele, por sua vez, depositaria determinado valor em uma conta bancária. Dessa forma demonstraria que havia recebido a mensagem. A quantia depositada deveria ser sempre igual à quantidade de letras do anúncio multiplicada por uma variável, de maneira que ela sempre saberia se ele estava vivo, se havia visto seu anúncio.

Essa foi a forma que criaram para se relacionar e estar sempre em contato.

Nunca mais se viram. Havia sete anos usavam esse sistema, quando Lílian se apaixonou.

O ex-marido entrou em pânico. Respeitando o juramento não ligou, mas diariamente depositava somas mais significativas em sua conta, como se estivesse berrando por socorro. O que para Lílian confirmava o caráter ruim que ela havia descoberto. Provavelmente tinha se metido em alguma atividade criminosa que lhe pudesse render tanto dinheiro como o que ele depositava agora diariamente em sua conta.

Mas, por mais escroque que fosse, Lílian sabia que ele manteria o juramento de nunca mais procurá-la.

Esta era a real história de Lílian/Mírian/Sandra. Talvez não exatamente como ela a contou.

Podia ficar tranqüilo e respirar fundo, os estranhos recados eram dirigidos para outra pessoa. Não eram para ele. Não havia crime, não havia assassinos e ele era a nova paixão de Lílian.

Havia ficado com medo de perdê-la, tinha que reconhecer.

Sua vida necessitava de ajustes. Teria de fazer mudanças em seu estilo de vida. Uma nova releitura de sua Bíblia, talvez reescrevê-la, criar o seu Novo

Testamento. Alguma coisa teria de mudar, mas muita coisa deveria permanecer como estava. Um longo silêncio caiu sobre os dois, que viajavam por seus pensamentos e refletiam sobre as palavras ditas.

Após a longa e séria conversa caiu sobre os dois um silêncio pesado que, à medida que o tempo passava, ficava cada vez mais pesado e difícil de ser quebrado. A urgência e a responsabilidade de se fazer algum comentário que sintetizasse a conversa e a dificuldade de externar algum comentário que se encaixasse perfeitamente com tudo que havia sido dito tornavam o silêncio cada vez mais tenso. Não podia ser feito um comentário ao acaso. E quanto maior o tempo que o silêncio permanecia instalado, maior era a responsabilidade da qualidade da observação que deveria quebrá-lo.

Talvez um olhar significativo pudesse ser uma solução. Mas fosse qual fosse a solução, ela não poderia acontecer de maneira planejada, teria de brotar sem nenhum pensamento anterior. Teria de acontecer como se viesse do nada. E foi o que aconteceu.

* * *

Enquanto rolava a língua de um lado para outro, passeando pelos caminhos e dobras que conduziam ao orifício que o ouvido de Lílian oferecia, um pensamento não saía de sua cabeça.

* * *

Enquanto tentava introduzir sua língua no orifício do ouvido de Lílian e prestava atenção à respiração dela, que se tornava cada vez mais ofegante, pesava os prós e os contras de suas idéias.

* * *

Enquanto rodava e enroscava sua língua na de Lílian e prestava atenção à saliva que se misturava em suas bocas, tomou a decisão que havia muito queria tomar.
Respirou fundo e comunicou sua decisão...

O Brilho do Sangue

Um dia uma mulher viu um tigre. Seu sexo ficou mais quente e presente que qualquer outra parte de seu corpo.

O TIGRE

A) Tinha um olhar, olhar que te dava toda a certeza da certeza de ele estar vendo absolutamente tudo que era necessário ser visto.
Chamava a atenção a atenção do seu olhar.

B) Tinha o andar que os felinos normalmente têm. O clássico andar de quem sabe e conhece profundamente a lei da gravidade ($Fg = G\ Mm/r2$); e conhecendo-a contrapõe do fundo de suas entranhas uma força normal "N" que a anula, deixando a ilusão de não ter peso algum. Um delicado equilíbrio que exigia sempre grande atenção e cuidado extremo para não ser rompido.

Chamava a atenção a atenção de seu andar.

C) Ele era feroz. Eficiente, pontualmente feroz. Uma ferocidade de quem sabe de sua própria morte. De sua fome. De seu sexo. Sempre atento à sua sobrevivência. Era neste instante, no instante em que sua ferocidade explodia em toda a sua totalidade, que mostrava quanto era poderoso.

Chamava a atenção a precisão de sua ferocidade.

A MULHER VÊ O TIGRE

Um dia, dentre os dias, uma mulher estava catando ervas perto de um arbusto. Sobre a relva, ao lado do arbusto, pulavam lambaris que haviam sido retirados do riacho e abandonados à sua sorte. Enquanto observava o desespero inútil dos lambaris em busca de oxigênio para suas guelras, ouviu estalidos de gravetos sendo pisados.

Pressentiu o tigre (o coração gelado), apesar de nunca ter visto um (1).

Ele caminhava (2). Observava (3). À procura de

---

(1) Ela só conhecia os roedores.
(2) Lembrar de "B".
(3) Lembrar de "A".

algo bem preciso, imaginou a mulher. Pouco à frente estava um cabrito. Nervoso. Pressentindo talvez a morte próxima.

Com um fantástico rugido e um pulo ligeiro (4), ele aterrissou suas garras e presas sobre o cabrito (5). Levantou a cabeça para o ar e, com as presas cravadas nas costas ensangüentadas do animal, sacudiu-o para um lado e para o outro com tanta violência que os arbustos ao redor ficaram todos salpicados de sangue. Como um quadro de Pollock.

Talvez o cabrito não estivesse ainda completamente morto quando o tigre começou a devorá-lo. Já satisfeito, o tigre lambeu com suavidade o sangue do cabrito salpicado em seu próprio corpo, pegou o naco restante e, levantando-se preguiçosamente, passou ao lado do arbusto atrás do qual a mulher estava agachada.

Consciente do extremo perigo que corria, ela olhou para o tigre. E fascinada descobriu o pênis do tigre! Um calor a invadiu: a glande do tigre tinha recebido um salpico de sangue, que à luz do sol brilhava como uma estrela no céu.

A mulher, que já estava com seu sexo mais quente e mais presente, apaixonou-se.

---

(4) Lembrar de "C".
(5) Pobre cabrito!

O hálito do tigre era terrível, cheirava forte a sangue. Era assustador para a mulher viver lado a lado com a morte. Ela tinha muito medo que ele a matasse, que a destruísse. E esse perigo realmente existia. O que fizeram foi um mistério. E poucos sabem a razão. O tigre parou de caçar, ganhou um andar trôpego, inseguro e uma fisionomia sonolenta. Um dia a mulher se foi, desapareceu.

Tempos depois, certa manhã, uma mulher catando ervas perto de um arbusto ao lado de um riacho ouviu estalidos de gravetos sendo pisados. Percebeu um tigre negaceando um cabrito. Escondeu-se atrás de um arbusto. Depois de matar o cabrito, o tigre passou em frente ao arbusto, arrastando o cadáver do animal. No pênis do tigre havia ainda quente uma gota de sangue, que brilhava ao sol.

A mulher sentiu seu sexo pulsar cada vez mais quente e apaixonou-se.

Coxas Brancas

A Jovem Reclinada

Como um raio ele segue aquela beleza, saia curta, é ela com certeza. Enfia um tíquete. Rola a roleta. Corre o corredor. Pega o metrô.

Sobe a escada e, antes de ela sumir, ele vê que de baixo para cima ela é ainda mais bonita do que de lado, que é branca a sua coxa e preta sua saia.

Com essa imagem, como se com ela tivesse entrado em contato com todas as fantasias sexuais da humanidade, lembra-se do sonho que teve de noite.

O SONHO

Já fazia dias que escalava esses penhascos. Apenas as rochas e as nuvens partilhavam sua solidão. Subia, se agarrava, se escorava. Sempre para cima. Sabia que um só erro seria fatal.

Rasgado e sujo, caminha por entre vales e penhascos. Apesar de ter a nítida impressão de que alguém já estivera por ali, ele sabe que é o primeiro. Depois do paredão, uma garganta. Profunda. Depois da garganta, um campo. Raso. E, depois do campo, perto de um precipício, sem se surpreender, ele e uma casa estão frente a frente. É uma casa grande e comprida, de madeira clara.

Entra. A casa é apenas uma enorme sala vazia. Toda de madeira. O teto. O chão. As paredes. Como uma imensa caixa. Em seu vazio, organizadas milimetricamente, apenas uma fileira de almofadas pretas, metade de um lado metade do outro (1). Nenhuma janela e nenhuma porta, a não ser aquela por onde entrou. A solidão que a construção lhe impinge é colossal.

Ao fundo, do chão, quase imperceptível, desce uma escada. Ele resolve descer e chega a outra sala. Toda igualmente de madeira. Também sem janelas.

Lentamente. Lentamente, de uma sala para outra, surgem novidades. Um piso de mármore. Algumas cortinas. Um e outro bibelô. E então veludos, amarelos, azuis, roxos e, finalmente, os dourados. Até estar

---

(1) O que lhe dá a impressão de estar num templo. Espera algum tempo, certo de que algum monge por perto por certo irá aparecer e começar uma longa cerimônia silenciosa, e a absoluta certeza de que ninguém irá aparecer.

em um prédio totalmente diferente. Alto, sólido, rebuscado, com muitos móveis, tapetes e luxo. Muito luxo.

É quando ele abre a porta de um quarto. No quarto há um divã e sobre o divã, de costas, está deitada uma jovem. Muito branca. De cabelos presos. Nua, com as nádegas deliciosamente empinadas, as pernas suavemente entreabertas e os joelhos levemente dobrados. É a *Jovem reclinada* (2) de François Boucher. Ela lhe dá um sorriso e a mão. Levanta-se e, como uma guia nua, leva-o a um vestiário. Lá, tira-lhe a roupa, para entrarem nus em um banho turco onde mais de dez mulheres absolutamente despidas se deleitam com o ar quente e voluptuoso do aposento. Uma das mulheres, de costas, toca alaúde para um grupo de mulheres que se acariciam. Todas se portam docemente, como se não estivessem sendo observa-

(2) *Jovem reclinada*, 1752.
François Boucher, Alte
Pinakothek. Munique

das. É o famoso *Banho turco* (3) de Dominique Ingres, que é o senhor grisalho que não se cansa de se masturbar excitado com a cena que criara.

A Jovem Reclinada percebe seu interesse quando voltam ao vestiário e resolve continuar servindo de guia. Leva-o até uma porta fechada. Abre-a suavemente e em silêncio entram em um quarto. Lá cochila uma mulher, imóvel, melancólica, nua. É o *Nu deitado* (4), de cujos pesados, redondos e firmes seios ele não consegue tirar os olhos.

Um pouco mais à frente chegam a um pequeno jardim interno, e é quando a Jovem Reclinada aponta um grupo onde uma mulher está sendo possuída por um cisne. A mulher parece extremamente apaixonada pelo animal — ao mesmo tempo que o fita com paixão, envolve-o em carícias sensuais. A mu-

---

(3) *Banho turco*, 1863. Dominique Ingres, Museu do Louvre. Paris

(4) *Nu deitado*, 1917. Modigliani, coleção particular. Milão

lher é Leda. O cisne é Zeus. A cena de zoofilia está em *Zeus e Leda* (5) de Correggio.

Depois de terem passado pelas *Odaliscas* (6) de Matisse, que sorriem alegres em todas as cores, chegam a um corredor. Com as pernas trêmulas, ele está só em um *hall* de hotel moderno, correto, elegante, de luxo sóbrio. No pátio do hotel, uma limusine preta o espera. Ali, percebe que pelo lado oposto ao que vinha por meses se arrastando entre penhascos e rochas desce tranqüila uma estrada serra abaixo.

(5) *Zeus e Leda*, 1531. Correggio, Gemäldegalerie. Berlim

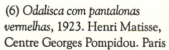

(6) *Odalisca com pantalonas vermelhas*, 1923. Henri Matisse, Centre Georges Pompidou. Paris

DE VOLTA À ESTAÇÃO

A garota da saia preta como a limusine e as almofadas do seu sonho, mais o universo todo, parou para que ele se lembrasse do que havia sonhado. E como se alguém tivesse apertado o botão PLAY, tudo começa a funcionar de novo. Ele apenas tem tempo de, do pé da escada rolante, ver a garota da saia preta, no topo, sumir junto com a multidão.

O Médio

Era uma vez um homem. Não era bonito nem feio, nem alto nem baixo, nem velho nem moço. Era eficiente, era discreto, era silencioso. Era um médio.

Cauteloso, estava sempre atento a não deixar dúvidas quanto à sua imagem de pessoa média. Imagem tão absurdamente média que era necessário estar sempre atento para não se destacar dos outros médios pelo fato de ser tão médio.

Temia o risco, o erro, o perigo e a dor. Achava que eles viriam com o excesso, com a exuberância, com o furor ou até com a definição. Mesmo que esses temores lhe dessem uma vida profundamente insignificante, era isso que ele queria. Queria a segurança da vida irrelevante e lutava para estar sempre encaixado na faixa da discreta e mimética normalidade.

Jamais seria brilhante, jamais seria uma celebridade. Não queria os holofotes da fama. Seu lugar preferido era a silenciosa penumbra. Tamanho era seu empenho, que o mundo concordava com ele e o olhava sem a menor atenção. Era exatamente isso que ele queria.

Não fumava. Mas quando um dia na empresa onde trabalhava foi considerado um não-fumante, ele se preocupou. Podia ficar marcada uma posição. Assim, resolveu às vezes fumar, de modo que não seria caracterizado nem como fumante nem como não-fumante. Assim pensava e agia Ox, o Médio.

A vida era quase sempre bem simples para Ox. Quase sempre, mas nem sempre. Para seu desagrado, existiam às vezes perturbadoras turbulências. Não que essas turbulências o tirassem de seus trilhos, sabia que estaria sempre apaixonado por alguém. Não podia escapar. Mas era um problema que sabia como exorcizar e ao qual estava acostumado. Não podia ficar nem alguns segundos perto de uma mulher que lhe agradasse por um motivo qualquer, que se apaixonava imediatamente. Resolvia suas paixões sempre do mesmo modo: com a mesma simplicidade que retirava o oxigênio do ar que respirava, ele as dissolvia e assim saía dessas situações de perigo. O perigo que as paixões oferecem.

Tornava-se mais difícil quando essas turbulências eram maiores. E às vezes elas eram. Aí, para seu pânico, sentia fantásticas e descontroladas paixões. De grandes transgressões, de uivos e berros e de muita secreção. Era o caos. O abismo. O horror. Era complicado então manter o frágil equilíbrio de sua normalidade. Acalmava-se apenas porque sabia que essas turbulências mais fortes eram pouco comuns. E imediatamente lutava para recolher seus sentimentos e guardá-los dentro da imensa e silenciosa panela de pressão de sua normalidade.

O problema é que essas turbulências tempestuosas, que tanto o apavoravam, começaram a acontecer com muita freqüência, a toda hora. No ônibus, pela mulher sentada ao seu lado. Vendo televisão, pela atriz da novela. No trabalho, pela nova funcionária. Toda hora ele se perdia e mergulhava em um mundo repleto de pênis que penetravam insaciáveis. Era o abismo. Era o caos. Ox não ia conseguir sobreviver em um mundo assim. Ele sabia que não resistiria sendo assim. Isso não podia ser ele. Isso não era ele.

O rosto de Ox se acendeu. Seus olhos assustados brilharam. É claro, aí estava a solução, era só isto: não ser ele. Havia no escritório um colega com quem conversava mais. Quase se podia dizer que eram amigos. Nas conversas percebeu que se tratava de pessoa extremamente volúvel, mas de grande simpatia. E pouca capacidade de guardar segredos: gostava de contar suas aventuras amorosas. Ele iria ser a pessoa que era ele, mas que não podia ser ele.

Ox ficou extremamente feliz. Depois de um dia normal de trabalho, foi para casa. Jantou e viu novela com uma felicidade tão grande que se tivesse rabo o estaria abanando.

Agora nada mais ameaçaria sua querida normalidade, iria se aproximar mais do colega e, como um maestro, reger nele todas as suas paixões e transgressões proibidas. Proibidas pelo seu medo do descontrole.

Teria de conseguir que seu colega se apaixonasse pelas mesmas mulheres que ele se apaixonara, e que essas paixões se concretizassem então em profundos relacionamentos que estourassem como uma enxurrada, igual aos amores de suas maiores turbulências. Assim, Ox, o Médio poderia viver a sua vida tranqüilamente, enquanto o outro corria por ele os perigos de suas paixões. Resguardado do caos que o apavorava, ele iria viver através de relatos. Relatos do que seu colega — que se podia dizer que era quase um amigo — viveria por ele.

Sentindo-se em segurança, permitiu-se lembrar da colega que amava no trabalho. Já fazia três anos que estava apaixonado por aquela mulher. Alguns anos atrás, um dia, ele almoçou rápido com ela. E apesar de todo o seu esforço e controle, que perseguiu por meio de observações metódicas em tom monocórdio sobre meteorologia, trânsito e trabalho, durante todo o almoço não conseguiu pensar em outra coisa que não fosse na colega nua.

Devia ser linda nua. Uma mulher que sabia cruzar as pernas como ela sabia, que sabia usar anéis nos dedos como ela sabia e ainda por cima que sabia usar batom como ela sabia, tinha que ser linda nua. O coração de Ox bateu rápido, agora ele iria viver o amor, e em toda a segurança.

Sem perder tempo, no dia seguinte se aproximou do colega — que se podia dizer que era quase um amigo —, e de uma maneira extremamente discreta e dedicada começou a conversar sobre amor, paixão, sexo, afeto e desejo. Foi uma conversa profunda. De muitos capítulos, muitos almoços e muitos cafezinhos. E que passou a interessar cada vez mais seu colega. Ox percebia que o colega assimilava tudo com um brilho cada vez maior nos olhos. O brilho da descoberta.

O colega — que se podia dizer que era quase um

amigo — estava descobrindo um mundo novo. Um mundo recheado pelo forte odor do caldo da excitação amorosa. Estava descobrindo a beleza. Foram meses de conversas. Um dia Ox, o Médio, sentiu que a coisa estava no ponto.

No ponto do ônibus, esperando a condução, levou então a conversa na direção de sua paixão dos belos anéis e belo batom. Com mestria, Ox observou ao colega que o tinha percebido no dia em que a mulher do batom perfeito na boca e dos belos anéis nos dedos entrara pela primeira vez na empresa. Não adiantava disfarçar, tinha percebido seu abalo ao ser apresentado àquela mulher de sorriso largo dentro de uma saia amarela estampada e de blusa folgada. Quando ela se despediu e se retirou andando com os seios balançando suavemente feito água-viva dentro de sua blusa folgada, ele sabia que seu colega tinha tido apenas um pensamento: abraçá-la. Abraçá-la de frente, respirar fundo e tê-la por alguns segundos toda dentro de seus pulmões.

Ox, o Médio, ficou com a pele da face rosada. E quase, quase ficou surpreso quando olhou para o colega e ele também estava com as maçãs do rosto rosadas. Tinha dado certo: o colega também estava agora apaixonado pela mulher do escritório, e exatamente pelos mesmos motivos e do mesmo modo que ele.

Despediram-se, cada um foi para sua casa. Enquanto via televisão, Ox sonhava radiante. Agora era só acompanhar todo o processo da sedução.

O processo foi longo. Como o da criação de uma obra-prima. Cada dia havia um pequeno progresso, que Ox saboreava com cuidado e economia, como se degustasse a mais rara das especiarias, e toda noite ele tinha um pequeno detalhe para degustar.

Até que um dia houve um abraço. O colega — que se podia dizer que era quase um amigo — contou-lhe que ele e a mulher dos seios meigos se roçaram nos braços e se deram um abraço. Um abraço inesquecível, tão intenso que, quando sentiu a existência dos seios soltos na blusa folgada, começando a se moldar ao seu corpo, o colega se descontrolou. Ela, com um sorriso, sussurrou-lhe seu amor: também estava apaixonada.

Ox ouviu o relato do abraço que o outro havia vivido por ele, esforçando-se para não trair a emoção que sentia. Naquele dia, com a desculpa de ir comprar alguma coisa, não pegou o ônibus que ele e o colega sempre pegavam. Foi até uma praça, ali mesmo no centro da cidade, que por ser início de noite estava quase deserta. Sentou-se em um banco que ainda não estava ocupado pelos mendigos e ficou olhando as sombras compridas dos prédios no chão de cimento e no lixo espalhado. Olhou o mundo com uma felicidade que só se lembrava de ter sentido na adolescência, quando em uma praça foi beijado pela primeira vez.

Achou tudo diferente, encantou-se com a pressa da cidade em ir para casa, enquanto imaginava o sorriso que a colega devia ter usado quando sussurrou seu amor. De repente percebeu uma briga entre os mendigos, assustou-se e notou que era a única pessoa de terno e gravata naquele lugar. Estava chamando a atenção e sofreu muito com esse sentimento. Levantou-se rápido para sair o mais depressa possível da situação de destaque, e imediatamente se encaixou em um grupo de pessoas de terno que voltava para casa, talvez ainda a tempo de ver a novela na televisão.

Durante certo tempo não pôde ter com seu colega. No trabalho, as coisas estavam complicadas, a empresa estava se envolvendo em transações marcadamente ilegais. Ox não queria assumir, mas sentia que esse assunto devia ser trazido para uma discussão. Em uma reunião conseguiu, através de rodeios, de conversas circulares, observações em espiral, fazer com que um rapaz de repente se sentisse o dono da descoberta das operações ilegais e com entusiasmo trouxesse o assunto à tona.

Ox se sentiu aliviado, não tinha sido covarde, não tinha se exposto e o assunto havia sido discutido, apesar de todo o mal-estar da diretoria da empresa. E quem seria despedido não seria ele, o Médio.

Orgulhoso com a sua atuação, achando-se digno de prêmio, foi procurar seu colega — aquele que podia se dizer que era quase um amigo — para combinar um almoço e se deliciar com algum relato novo.

Encontrou o colega em sua sala, nervoso e desatento. O colega suava frio, tremia nervoso, piscava nervoso, ria nervoso e gesticulava nervoso. E tinha em torno de si a aura e o fogo dos apaixonados. Ox olhou com alívio para aquela pessoa que, ainda bem, não era ele. O colega estava apaixonado em tal grau que o tornava inapto para o trabalho, o que assustava ainda mais a Ox.

Almoçaram. Ox, com seu cuidado peculiar, conseguiu seu prêmio. O relato do colega veio fácil e Ox se preparou para fruir a noite que havia vivido por ele. E a noite praticamente ainda não havia acabado, seu colega ainda nem tinha ido dormir, viera direto para o escritório, e a colega dos belos anéis nos dedos ainda nem tinha ido trabalhar.

Ficaram primeiro apenas sentados no quarto, começou a contar o colega. Em silêncio. Ele em uma cadeira e ela em outra. Os dois estavam bem tímidos, continuou o colega, e ficaram em silêncio por longo tempo.

Ficaram longo tempo em silêncio, cada um em sua cadeira, sentindo apenas a presença de seus desejos. Ox ficou tentando se ajustar, imaginando em que ritmo eles ficaram respirando — quando achou que estava respirando no mesmo ritmo que eles haviam estado, continuou a ouvir o relato com atenção.

Essa situação foi aumentando seus desejos de segundo a segundo, minuto a minuto, continuou o colega, a tal ponto que de repente eles se agarraram com fúria, como se flutuassem com velocidade pelo eterno.

Ela era linda! Como são lindas as mulheres que sabem usar anéis nos dedos, cruzar as pernas e escolher bem a cor de seu batom. E aí, quando ela estava nua, ele entendeu o que Ox intuíra, percebeu por que o batom era tão acertado: ela o combinava com a cor justa das aréolas de seus seios, que por sua vez eram da mesma cor exata dos seus grandes lábios, que em alguns movimentos coriscavam rápidos como relâmpagos por entre seus escuros pêlos pubianos.

De madrugada o gozo chegou de tal maneira frenético, que os dois se sentiram como se tivessem entrado em um grande contato epiléptico com o que há de mais sagrado no mundo.

Ox sabia. E estava também nesse contato. Mas em segurança. Sem convulsões. Sem epilepsia. Não tremia, não estava nervoso nem eufórico. Apenas tinha fruído.

Acabaram o almoço. Ox pagou a conta e juntos voltaram ao escritório. Ox nunca trabalhou com tanto afinco e com tanta disciplina. No fim do dia despediu-se discretamente, pegou seu ônibus e chegou em casa como chegava todos os dias.

Depois do jantar, colocou uma música suave. Quase um *jazz*, perto de ser um *rock*, por pouco um samba, com um andamento quase de uma música clássica. Gostava desse disco, identificava-se com ele. Sentou-se na sua poltrona favorita e pensou feliz na sua primeira conquista através de seu colega — que se podia dizer que era quase um amigo. Sentiu de novo a mesma sensação da praça, quando na sua adolescência foi beijado pela primeira vez.

Embalado pela excitação da noite anterior, percorreu mentalmente cada amor que sentiu pela vida afora, mesmo os de poucos segundos. Ox agora iria viver todos eles. E foram muitos.

Foi a mulher do supermercado ao lado de sua casa que usava roupas colantes, tinha um rebolado exuberante e modos exagerados, típicos das mulheres exibicionistas.

Foi a amiga de infância, uma mulher de uma beleza contida, clássica, que usava mangas curtas e largas por onde, às vezes, para seu deleite, ficavam à mostra um pedaço de costela e o início dos seios, seios tão pequenos que quase não existiam; eram apenas sugestões.

Foi aquela mulher que sempre encontrava no metrô, sempre de saia preta e cujas coxas brancas sempre se destacavam quando subia a escada rolante e sumia no meio da multidão.

Foi aquela sua prima que fingia estar sempre alegre, mas que tinha os mais tristes olhos e o mais triste sorriso que ele jamais tinha visto, tão tristes e tão belos.

Foi aquela mulher madura, alta, decidida, que às vezes encontrava no ônibus, uma mulher que foi capaz de todas as transgressões que o amor sabe permitir, uma mulher capaz de fazer todas as perversões com a mesma dignidade com que abria seu guarda-chuva em dia de chuva. Ele sabia, uma mulher que abria um guarda-chuva como ela abria seria capaz de fazer qualquer coisa quando estivesse apaixonada.

Ox não esqueceu ninguém e nenhuma das suas mais profundas turbulências foi esquecida. Durante anos, às vezes uma, às vezes várias, às vezes rápido, às vezes lentamente, ele ia vivendo todos os seus amores e todas as suas perversões. Sempre através do mesmo seguro modo. O seguro modo dos relatos. Sempre através dos relatos de seu colega — que se podia dizer que era quase um amigo.

Era trabalhoso, primeiro tinha de conseguir que seu colega ficasse apaixonado pela mesma mulher que ele e do mesmo modo. Depois era esperar a sedução, às vezes demoradíssima, e então fruir como se ele estivesse no lugar do outro. Era complicadíssimo, mas seguro. Ox só fruía, os perigos ficavam com o outro. Ele queria assim, e assim ejaculou todas as suas perigosas turbulências, que ameaçavam tanto a sua precária, segura e querida insignificância.

Tinha chegado ao fundo do poço, Ox percebeu que havia ejaculado até a última gota todas as suas turbulências. Tinha chegado o dia de seu colega e ele não serem mais colegas. E Ox conchavou, arquitetou e pôs em prática tantos planos que em pouco tempo a empresa toda achava que se deveria demitir imediatamente o ex-colega de Ox.

E foi demitido. Desorientado, o ex-colega vagou só pela cidade o dia e a noite inteira. Caminhou madrugada adentro sem entender nada, viu os homens, as mulheres e os casais em fim de noite e percebeu, triste e sem saber por quê, que ele jamais amaria de novo. Sabia que daquele dia em diante ele não iria mais saber se estava ou não apaixonado e nem saberia por quem. Percebeu que era um pensamento muito esquisito. Esquisito demais para ser verdade. Sacudiu a cabeça e no movimento sentiu como se alguma coisa tivesse se soltado de seu corpo. Como se um imenso carrapato tivesse se despregado de seu pescoço. Aliviado, entrou em uma padaria, pediu um pão com manteiga, bebeu um pingado e mastigou o pão disposto a ir para casa, tomar um bom banho, fazer a barba e conseguir rápido um novo emprego.

O Domador

Chamavam-no de Domador, e tinha ódio. Achava um título muito amador, de circo. Afinal, conhecia anatomia e dor como provavelmente ninguém mais.

Toda noite mandava o leão abrir a boca até formar um ângulo quase reto. Quando o ângulo chegava à posição correta, enfiava metodicamente a sua cabeça, até o pescoço, dentro da boca do leão, no que o público batia palmas corretamente. Faziam isso toda noite, na mais completa harmonia. Ele a sua parte, o leão a dele e o público a sua.

Uma noite houve vaia, vaia estrondosa que se repetiu na noite seguinte.

Era chegada a hora. Entrou completamente de branco na jaula. Bateu palma duas vezes e duas ajudantes, de saia preta e coxas muito brancas à mostra, entraram empurrando uma mesa de hospital sobre rodas, toda coberta de um fantasmagórico lençol branco. Deixaram a mesa no centro do palco e desapareceram no meio da multidão.

Sério, o Domador mandou o leão abrir a boca em ângulo agudo, menor que o normal, e enfiou seu braço inteiro mandíbula do felino adentro. Com um gesto brusco e seguro, puxou o braço para fora e, junto, o leão, que ficou do avesso. Tudo muito rápido e sem sangue.

Depois, de maneira objetiva e precisa, começou a desmontar o leão.

1º — o sistema circulatório, órgão após órgão.
2º — o sistema nervoso, órgão após órgão.
3º — o sistema respiratório, órgão após órgão.
4º — o sistema digestivo, órgão após órgão.

Ia desmontando o leão e colocando-o sobre a mesa, os dentes, o cérebro, o pênis, o pâncreas, os testículos, os bigodes. Tudo muito higiênico e asséptico, sem cheiros, nem ruídos (...a platéia muda...). Por fim o pêlo e, em um frasco grande e transparente, as ajudantes, de saia preta, guardaram as fezes e secreções do leão (...a platéia muda...).

Sobre a mesa, de maneira extremamente organizada, estava o leão, separado quase que célula por

célula (...a platéia muda...). Como se fossem peças de um imenso *puzzle*.
Uma pequena reverência ao público e o Domador retorna ao leão (...a platéia muda...). Depois de alguns órgãos encaixados, alguns sistemas montados, pressões e puxões nos lugares corretos, o Domador teve de novo o leão inteiro à sua frente (...a platéia muda, e o leão do avesso...). O Domador enfiou então sua mão na boca do estranho animal do avesso e, com um último puxão, teve o leão exatamente como era antes (...e a platéia muda...). Enquanto Domador e ajudantes faziam reverências ao público, o leão rugia sentado apenas nas patas traseiras, como fazem sempre os leões nos circos.
A Platéia Muda aplaudiu assustada. Saiu o leão. Saiu o Domador. Saíram as ajudantes. Só após algum tempo foi embora a Platéia Muda, muda no mais profundo burburinho.

Final

Indiferente a tudo e a todos, em uma esquina, um prédio negro, perto de um morro alto, de capim muito verde, continua impassível, no mesmo lugar.

Este livro foi composto na tipologia Goudy Old Style,
em corpo 12/17, e impresso em papel off-white
80g/m², no Sistema Cameron da Divisão Gráfica
da Distribuidora Record.

Seja um Leitor Preferencial Record
e receba informações sobre nossos lançamentos.
Escreva para
RP Record
Caixa Postal 23.052
Rio de Janeiro, RJ – CEP 20922-970
dando seu nome e endereço
e tenha acesso a nossas ofertas especiais.

Válido somente no Brasil.

Ou visite a nossa *home page*:
http://www.record.com.br